長生きしたいわけではないけれど。

曽野綾子

Ayako Sono

長生きしたいわけではないけれど。

曽野綾子

Ayako Sono

ポプラ社

前書き

新年の暦をめくったら、今年は２０２０年だった。皆がオリンピックの年だという。だからどうしたの？　と私は心の中で呟《つぶや》いている。私はオリンピックとほとんど関係ない。

１９６４年の東京オリンピックの時には、普段スポーツを全くしない（ということはスポーツに無知な）私まで駆り出されて観戦記事を書かされた。それほど現場で素早く文章を書けるプロが足りなくなっていたのだ。

今年も又、マスコミ各社は同じ苦労をするだろう。しかし私はもう、前回のようなピンチヒッターの役には立たない。書くのはまだ結構速いが、足はもともと遅かったので、ますますスタジアムの階段など人ごみに交じって歩けなくなっている。

しかし時の流れを見るのはすばらしい。日本は国の隅々まで清潔に整備され、おだやかに働いている。２０２０年はそういう祝福の年として明けた。この平和が一日でも長く続くことを願う。しかしそのためには人間の力だけが必要なのではない。運もある。その謙虚さを忘れないで生きる人間でだけはいたい。

私の子供時代——それはまだ第二次大戦が終わる前だったが——日本の生活はもっと貧しく悲しかった。当時映画のほとんどがモノクロだったのだが、まさにモノクロ映画だけが表せるような救いようのない貧しい社会生活があちこちにあった。

それと比べると今の人々の暮らしは、明るく豊かで風通しがいい。苦しさや貧しさを救う手立ても増えた。私がこの世にいなくなった後でも、そのような明るみに登っていく社会構造の変化は続くだろう。

自分の死を残念とは少しも思わないけれど、その光景を見損なうことだけは心残り、と言えるかもしれない。

曽野綾子

第1章 人生の妙 17

第2章　上機嫌に生きる　75

第3章 囚われとサヨナラする　119

第4章 いい按配で暮らす 161

第5章 「生の器」を広げる 193

装丁　bookwall
撮影　永峰拓也

第1章

人生の妙

青い空に夫の視線や声を感じる

ふと青い空に夫の視線を感じることや、夫の声が聞こえると思う時がある。もちろん幻視でも幻聴でもないのだけど。

もし本当に青い空から夫が私を見ているとすれば、それまでと変わらない生活をした方が夫も安心する。だから、今までと変わらない生活を送ることにしている。

生きている限り、人間は常に些事に追われないといけない。私の場合、料理をすることで日常を保つことができているのである。

夫が亡くなった後も変わらぬ日常を生きる

私は毎日朱門《しゅもん》の声を聞いていた。別に幻聴ではない。ただこういう場合、朱門ならどう言うかと思うと、必ずはっきり答えが聞こえて来るのである。

家族の死後にはするべきことがたくさんある。ご弔問を頂いたお礼とか、支払いとか、頂いたお花を長くもたせることとか、部屋や遺品の後片付けとか、私はそれらのことを、人より早く始めた。多分私があまりセンチメンタルな性格ではなかったからだろう、とも思うが、私は自分の体力を既に信用していなかった。私は脊柱管狭窄症《せきちゅうかんきょうさくしょう》のためか、体中が痛い日もある。できるだけ生活を簡素化して、自分のことだけは、自分でできる生活に早目に切り換える必要があった。

こういう時にどういう生活をすべきか、私にも常識がなかった。私は朱門の死後六日目に仕事を始めた。その時朱門は私の意識の中で、「そんなに仕事を休んでいたって、僕が生き返るか」と言ったのである。

「遊ぶのを止めたって、僕が帰ってくるか」

と声が言った日もある。朱門は家族の誰でも、楽しく時間を過ごすことを目標においていた。だから私は差し当たり食事の手を抜かなかった。特に御馳走を食べたわけではないが、毎日の食事がバランスのいいものであることは、一緒に食事をする秘書の健康にも関わることだった。だから私は庭の小さな畑にホウレンソウなどを播《ま》いてもらい、それがホウレン木に近くなっても、まだ採り立てを食べるのを目的にしたりしていた。

私は当分の間、朱門が生きていた時と同じ暮らしをするのを朱門が望むような気がしていた。急に生活を派手にしたり、地味にしたりするのではない。以前通りがよさそうだった。

私は「朱門がいた部屋」においてあるお骨壺に、毎晩挨拶して眠ることにした。私らしく荒っぽい挨拶である。写真に向かって手を振って「おやすみ」と言い、お骨の包みを三度軽く叩く。それだけだ。

すると或る日、朱門は「それじゃダメ！」と言った。何が？　私が尋ねると、「三度叩かなかった」と言うのである。それで私は二、三歩後戻りをして、もう一度叩き足して「煩《うるさ》いわねえ」と呟いた。するとそれで朱門は黙った。生きている時と全く同じ呼吸である。

朱門は別に、部屋の掃除に煩い人でもなかった。しかしたくさんのものを持たない人だったから、私の部屋は散らかっても、朱門の部屋がもので溢れるということはなかった。

　私はだから家の中の無駄なものをいち早く追放した。朱門の記念になるものは、著書だけでいい。どこかで朱門の視線を感じていたから、家の中が、彼がいなくなった後、乱れ始めたと思われるのは嫌だった。

　朱門と私は、生涯よく話をした。朱門は、ゲームも嫌い、昔、同人雑誌仲間が我が家で麻雀をしていても、自分だけは傍に寝ころがって本を読んでいた。だから我が家の娯楽はお喋りだけだった。昼間私が一人で行動をした日には、誰が何をした、どんな光景だった、ということを私は逐一喋った。

　そうした会話の間に、私は誰かに対して激しく怒ったり裁いたりすることがいかに幼いかを学んだ。朱門にとっては、誰が何を言おうが、それは怒りの種でも、侮蔑の理由でもなかった。すべてがあってこそ、この地球はおもしろいのだ、と言わんばかりにおもしろがって彼は生きていた。

　朱門が死んだ後、私たちは、その死という変化を重大事件と思わず、ただ他人から与えられる心遣いに深く感謝するだけで、できるだけ日常性を失わずに暮らすことを目的としていたような気がする。

夫の幽霊が戸惑わないように

夫の三浦朱門《みうらしゅもん》は、二〇一七年の二月三日に亡くなった。早いもので今年（二〇一九年）の二月三日で二年が経った。

亡くなってからの時間、私は見かけは明るく穏やかに生きてきた。友人の中には、私が以前と同じ家に住んでいるか、とまで聞いてくださった方があったが、

「私は同じ家で、同じように暮らしております」

と笑って答えていた。

何一つ変化を見せたくないような気がする理由の背後には、次のようなこっけいな真理がある。

もし夫の魂が幽霊のように空の高みから今でも我が家を見ているとしたら、私

の家の中や庭が急にきれいになったり、それまでにないほど荒れ果てて来たら、夫の幽霊は、他人の家に来たかと思ってさぞかし迷うだろう。

どちらの変化もない方がいい。ただ、夫が生きていた時から、私は足元が冷えて寒い寒いと言って床暖房を考えていたので、その計画だけは続けることにした。しかし他の生活では、見た目も全く変わらなかった。夫の死後飼い始めた二匹の猫だけが、家族の数を埋める大きな変化である。床暖房を一番喜んだのは彼らだろうと思うと、私は渋い顔になっていたが、同じくらい年をとった女友だちとおかしな会話も交わした。

「もうすぐ死ぬのに床暖房をするんだから、腹が立つ」

と私がぐちると友だちは言い返した。

「もうすぐ死ぬならお金を残さずに使った方がいいじゃないの」

死者が私たちのうちに生き続け、かつ語りかけている

通常、善意に包まれて命を終える死者が残した家族に望むことは、健康で仕事にも励み、温かい家庭生活を継続することだろう。息子にはぜひ総理大臣になってもらいたい、という生々しい野望を残して死ぬ人もいるかもしれないが、人間は、その誕生と死の時だけは、不思議なくらい素朴になる。赤ん坊が生まれる時、親たちが願うただ一つのことは、健康なことだ。死者が残していく家族に望むことは、「皆が幸せに」という平凡なことである。だから私たちは常に死者の声を聴くことができる。死者が、まだ生きている自分に何を望んでいるか、ということは、声がなくても常に語りかけている。

おそらくその声は「生き続けなさい」ということなのだ。自殺もいけない、自暴自棄もいけない。恨みも怒りも美しくない。人が死ぬということは自然の変化に従うことだ。だから生きている人も、以前と同じような日々の生活の中で、で

きれば折り目正しく、ささやかな向上さえも目指して生き続けることが望まれているのだ。その死者が私たちのうちに生き続け、かつ語りかけている言葉と任務を、私たちは聴きのがしてはならないであろう。

花は亡き人のためではなく、残された家族のため

私は或る年、私が働いていた組織の創立者のご命日近くに墓参をする時、我が家に咲くはずの百合を持っていくことにした。大した手数ではない。ただ前年からその日のために計画的に百合の一種「カサブランカ」の大きな球根を植えておいたのである。

しかし墓地の花屋は、それを許さなかった。自分のところで買った花以外の持ち込みはできない、というのである。

どこの家にも、墓地で亡き人に向かって、今年、うちであなたの好きだった花がこんなに咲きました、という報告をしたい場合もあるだろう。それなのに、お

金のために、こんな悪弊を作った墓地の管理者たちがいるということだ。

しかし私は、夫が亡くなってみてわかった。花は亡き人のためではなく、残されて生きている家族のためなのである。なぜなら、花は生きていて世話をする人が必要だからだ。

死が近づくと「愛に生きる」ことだけを求める

生きている人の文化は千差万別だが、死に当たって望むことは、どの国の、どのような階層、宗教の人でも大体似たりよったりになって来る。

少し前のシンガポールの英字新聞が、シンガポール人の死に対する意識調査をした。その時点で多くの人が死を予告された後、実行し、望んだことは、家族の生活を緊密にし、共に長い時間を過ごそうということであった。

或る夫婦は、二人が共に暮らした日々を記録するためにあちこちに旅をし、数千枚に上る写真を残した。

かつての知人たちに会うこともその旅の一つの目的だった。

それは簡単に言うと「愛の確認」という目的に尽きている。

そうなのだ。私も何度か書いているが、まだ余生が長いと感じている間は、私たちはさまざまなこと、多くの場合、人生の横道に当たるようなことに執着する。妻に秘密の愛人も捨てがたい。ぜひハワイに別荘を買いたい。会社で出世コースに乗りたい。一流大学に入りたい。

それが悪いとは言わない。人生とは、いわば横道をさまよい歩き続けることなのかもしれないからだ。しかし死が近づいて来ると、多くの人々の意識は一つに絞られる。それは「愛に生きること」だけを求めるのである。或いは「愛に生きたこと」を思い出そうとするのである。

生き続けているのは、運命が「生きなさい」と命じているから

正直なところ、長生きした方がいいのか、適当な時に人生を切り上げた方がい

いのか、わからない。後者の方が明らかにいいとは思っているのだが、生命だけは自分でその長短を操作してはならない。後に残される家族が、平穏な気分で、その死を見送れないからである。

高齢者が、長生きすることは確かに問題だ。悪いとは言わないが問題も出てくる。他人の重荷にもなるが、当人が苦しむ部分も出てくる。

家事ができなくなると女性は生きる甲斐のない人生だと思う。男性も職場を失うと自分の存在価値に疑いを持つ人もいる。

本当は生きているだけで、人間存在の意味はあるのだが、ただ食べて排泄して眠っているだけでは人間ではない、という主観にとらわれている人もいる。

しかしこんなことは考えなくていいのだ。生き続けているということは、その人に運命が「生きなさい」と命じていることだから。だから表面だけでも明るく日々を送って、感謝で人を喜ばせ、草一本でも抜くことや、お茶碗一個を洗うことで皆の役に立つ生活を考えればいい。

上手に死ぬ

八十代も半ばになってくると、いつ命が尽きても別に不幸とは思わなくなるのは本当だ。友人、知人たちの死の知らせを聞いても、「いい一生だったなあ」「立派に生きたなあ」と思うことが多い。ことに、眠ったまま亡くなったなどという話を聞くと「上手く死んだなあ。羨ましいなあ」と思ったことさえある。

いいお葬式

ほんとうにいいお葬式だった、という言葉は適当ではないかもしれないけれど、この世の俗念とは無縁の爽やかな温かい祈りの時間だった。弔電の披露もほんの一、二通だけ。弔辞もなし。私もこういうお葬式をしたい。

お別れの言葉は、他人には聞かせず、めいめいが心で語ってくれるのを、死者だけが特権で密かに聞くというのがいい。死者だけがその能力を有するようになっているのだ。

一生に一度だけお会いした

私は、思いもかけなかったところでいただく縁を、非常に大事にしてきたような気がする。どこでも、誰とでも、会話を交わした。少し差別もした。偉い人には、あまり近づかないようにしたのも一種の差別だ。

話を交わしたほとんどの人は、過ぎ去った。水のごとく過ぎ去るのが常道である。それを悲しいとは思わない。「一期一会」。一生に一度だけお会いしたのだと思う。

一日として同じ夕陽はない

朝日にせよ夕陽にせよ、同じ太陽なのだから見た目はいつだってさして変わるはずはないと私は思うのだが、太陽も月もそして富士山までが、見る時間と場所によって実に違う。さらにおそらく見る人の心理が関わってくると、それらのものが語りかける思いも、全く違ってくるのは、考えてみると不思議なことだ。場所にもよるのだろうが、私の湘南の住処からは、朝日は全く見えない。おそらく三浦半島の尾根が東側で起こるドラマを隠しているのである。

単に違って見えるなどという程度ではない。私は湘南で暮らすようになって以来、一日として同じ夕陽を見たことがない。ということは、落日を彩る微妙な雲の姿が当然毎日違うので、夕陽の投げかける残照の面持ちも、またその日限りの姿を見せるのである。

それだからこそ、毎日夕陽を眺めて飽きないのだ、とも言える。私の家に友人が遊びに来る時には、夕食に大したおかずを用意していなくても、落日の最後の十分、二十分を、居間のソファーからゆっくりと眺めてもらえることは最高のおもてなしだと私は計算している。

ある人はその光景を、「一期一会ですね」と言ったし、「大変なご馳走でした」と礼を言ってくれた人もいる。

どの夕陽も語っているのは、人生は常ならぬもので、いつかは消えていくものだという偉大な事実である。

人間の私と猫二匹の楽しい毎日

五十歳を過ぎてから親しくなった人もいる。その人たちは皆さん、向こうから私を選んでくださったような気がする。

私がヘンなことを言っても、多少非常識でも、笑ってくださる方たちだから、おつきあいが続いた。疎遠になった方は、私に愛想尽かしをした、ということだ。

だから仕方ない。

これからも、できるだけ医療の世話にならず一人で生きる。これが、私の抱負のひとつ。自分で動けるうちは、好きな花を植え、野菜を育て、料理を作り、しっかり食べ、読書をし、体をちゃんと動かしながら、一日一日を過ごしていきたい。

一人の人間の私と猫二匹の楽しい毎日がまたくる。

ペットがいれば「してもらう」だけの立場に陥らない

一人暮らしにはペットは大切だと思うようになった。私は最近体力がなくなって、一人でいると朝いつまでも寝床にいたいと思うこともある。しかし猫のためにどうしても起き上がって、ご飯をやり、飲み水を取り換え、ウンチ箱をきれいにしなければならない。

与えねばならない仕事があるということは幸せなことだ。それがないと「自分がしてもらう」だけの立場になり、運動能力、配慮、身の処し方、すべてが衰えてくるだろう。

晩年の姿勢を自然体にしてくれるもの

私は町を歩く人の姿を見ながら、今の自分がいささかの荷物を持って十キロ歩くことも、小走りになることも、ジャンプすることも、階段を駆け下りることも、何もできなくなっていることを思った。私より年を取った人でもできる人が多いのに、私にはそんな単純なことができないのであった。

しかし私はその劣等性を、その時この上なく満たされた幸福なものに思えたのだ。それが私というものなのだ。はっきりした自覚を贈られたことは、私の晩年の姿勢を限りなく自然体にしてくれるだろう。私は他にも自分にはできなかったたくさんのことをしっかり自覚して、その意識に包まれ、その不思議な「未完」の温かさゆえに幸福に死ぬことができるかもしれないという幻想を、その瞬間抱けたのである。

死ねば見えるようになる

妹の夫の母君の死去を知らされる。晩年、視力を失ったまま過ごされていた。もともと非常に美しい方だったが、その端然とした自制心のみごとさに、私は深く打たれていた。

人間はどこにいても、どんな状態でもきれいな生き方をすることはできるのだ。五日お通夜、六日代々幡《よよはた》斎場で葬儀。絢爛《けんらん》たる桜の満開の日だった。ここでも故人にふさわしい華やかな旅立ち。実は私は心が軽い。人間死ねば、目が不自由だった方も、その日から見えるようになる、と信じているのだ。

友人の死が無言で教えてくれたもの

最近も一人、同級生だった人が亡くなった。学校時代にはあまり親しくなかった人が、人生の半ばで自然に出会い、始終会ったり食事をしたりするようになることはよくある。

彼女は小学校の時のクラスでたった一人、ご両親が既に亡くなっている子供だった。しかし健康で明るく、みじめさとは無縁の人だったので、私は「偉いなあ」と秘かに尊敬を感じていた。

細かい身の上話を聞いたことはないが、戦前の日本人の寿命はそんなに長くなかったし、彼女には多分遺産もあり、親戚の人の許で、充分に慈しまれて育ったのだと思われる。

それから半世紀以上が経って、彼女も結婚して子供たちにも恵まれ、私たちのつき合いの距離は急に縮まった。第一の理由は、私たちの住居が近所とは言えなかったが、大体、東京の同じような地区だったからだった。

子供の時には見えていなかった人間味の豊かさを、人間は成人してから発見するものである。私は自然でおおらかな彼女の人柄に惹かれた。ただ彼女の夫は少し年の離れた、それ故に昔風の気質で、自分の要求を妻は叶えるものだ、と思っているような節があった。

住居以外の私たちの偶然の共通点は、二人共足に問題を起こすことだった。私は六十四歳と七十四歳の時に踝《くるぶし》の部分を骨折し、彼女は膝やその他に年相応の痛みが出ていた。私がお世話になった整形外科のドクターを紹介し、彼女は私と同じ病院に行って治療を続けていた。二人共、何とか歩ける老後を過ごしたい、という点では実に単純に共感していたのである。その程度に、私たちは二人共働き者だったのかもしれない。それは校風でもあったが、老後を自由に遊んで暮らしたいという遠い願いも確実に込められていた。

二人の生活上の大きな違いは、彼女のご主人はやや厳密な性格で、世の中の折り目をきちんと守る方のように見えたことだ。それに対して私の夫は、何もかもどうでもいい性格だった。だから彼女の方が、家族の事情に束縛されていて、時には足の手術の日さえ、夫の都合で許されなかったこともあるらしい。

二人共、偶然今年（二〇一七年）夫を亡くした。私はこれからは、彼女を誘って遊ぶ機会を逃さないようにしよう、と秘かに心に決めていた。私は今までに申し訳ないほどしたいことをしてきた。サハラ砂漠の縦断もしたし、インドやアフリカの国々にも何度も出かけた。誰もがそんな土地へ行きたがるとは思っていなかったが、もし誰かが望めば、私はそうした国々をもっと見て死ぬのも「財産の一つ」と考えていた節がある。

しかし彼女には、遊ぶ前に足の手術を受ける必要があった。内臓の病気ではないから、手術を受けさえすれば杖なしで、私程度の歩き方はできるようになる可能性は高い。

ご主人の法事も済まされて、現実的な入院の日取りも病院も決まった。入院して五日後に手術、約一カ月リハビリもして、お正月前後には、今より軽々と歩けるようになって家に帰れるだろう。

人ごとながら私は自分の治療のように、その経過を心の中で楽しみにしていた。治ったら、温泉に行きましょう。よかったら、私の取材にも一緒にいらっしゃい、と、私の夢想は限度がなかった。私の父が厳しい人で、私の母は、父が生きている限り知人と短い旅行にも気楽には行けなかった。その過去の苦い記憶が、私にはおかしなおせっかいをさせたような気もして、少し後悔している。

彼女の自由に向かってのスケジュールは年末に向けてさらに現実的になってきた。入院の日も、手術の日も決まった。私は手術後二、三週間経ったら、彼女を入院先の病院から「逃亡」させに行くつもりだった。私は自分にも、他人にも、規則を破らせるのが好きだったのである。

どういう「逃亡」を企てていたかというと、もちろん、病院に届けはするのだが、私の海の家に連れ出してご飯を食べるか、銀座のレストランへ出かけて、私が車椅子を押しておいしいものを食べるという逃亡計画である。つまり彼女の入院は暗いものではなく、「自由に向かっての積極的な一歩」というふうに私は思い込んでいた。

しかし、その通りにはならなかった。入院の朝、家族はシャワーの音が止まらないのに気がついた。その時、彼女は倒れて呼吸も停まっていたというのである。私たちは八十代半ばなのだから、そういうことがあり得ても別に不思議はないのに、私の心は納得していなかった。

現実的な小さな幸福は、夢想ではなく、もう見えるところにあったのだ。それは彼女の現実の生活とも経済状態とも、少しも無理なく叶えられるはずのものであった。私は運命に対する悔しさを忘れられなかったが、同時に彼女の死が無言で伝えているものもあるような気がし始めた。

地球上で、そのひとときだけ会い、そして二度と会うことはなかった

昔からユダヤ人たちは、金細工の商いで有名である。エルサレムの私たちの定宿のアーケードにも、ユダヤ人名前の宝石商が店を出していた。店は二つに仕切られ、片方がダイヤモンドを中心とする本当の宝石店。片方が土産物用の銀細工

を売る店であった。

そして私は、自分のアクセサリーとして、この店の銀細工が好きだった。金ほど高くなく、磨いて使えばいつもこぎれいな装飾品として惜しげなく使えるからであった。

その年も、私はその店に立ち寄った。イヤリングを買ったのである。私がカードを出すと、眼鏡をかけた女性店員は、じっと私の顔を見て言った。

「あなたは、去年もうちへ来たわね。ご主人といっしょに来て、このカードで買ったわ」

私は答えた。

「そうよ。私はこのお店の製品が好きなの。でもあなたくらい、いい記憶力を持っていたら、人生は何倍も楽しいでしょうね。私はいろんなことをすぐ忘れるの」

彼女は一瞬、事務的な義務を忘れたようだった。腕組をしながら、遠いどこかを眺めるようなしぐさをした。そして言った。

「もっとも、忘れたいような記憶もあるけどね」

その時を最後に、私はもうその店に立ち寄っていない。政情も変わり、私がいつも添乗員のように同行していた旅行も、二十三回目を最後に、私たちが敬愛していた指導司祭の死と共に終わった。すべてのことには終わりがあっていいのである。

ヴェネツィアの食堂のボーイも、エルサレムの宝石店の女性店員も、その一瞬、彼らの属していた職業や立場から魂が脱けだして、私の方へ歩み寄ってくれた。私たちは限りなく、一人の人間になった。どの時も私たちは、初対面とは思えない心理的な近距離で向き合って立っていた。

私たちは地球上で、そのひとときだけ会い、そして二度と会うことはなかったのだが、それで十分にお互いの存在の役目を果たしたのである。

ドラマの書き手はいつも神で、私たちは下手な役者

「僕も忙しいのよ。第一、このごろ株価が動いているから、僕は毎日相場見なき

ゃならないから、ほんとうは、イスラエルなんかに行っていられないのよ」

「へえ、神父さんも株なんかやるんですか」

と若者の一人が右代表で尋ねた。

「ああ、やるよ。やりますよ」

ちょっと場が白けた。若者たちは、坂谷神父が自分の自由になる金を稼ぎたさに、株に打ちこんでいるのだ、と思ったようだった。

真相を知るまでには数日がかかった。私は何とかして、神父と株の関係を聞き出したいと思ったのだが、強情な神父は、そう簡単には「吐かない」という感じだった。

神父は、私にも名を明かさなかった一人の婦人の死後、かなりの遺産の株券をもらったのである。そのお金には、聖母の騎士修道会が預かっている若い神学生を育てるための生活費と養育費に使うという希望が託されている。だから坂谷神父には、この遺産を、常に株価の高い時に売って現金に換える任務があった。

「神学生は、何人預かっていらっしゃるんですか？」

「十六人」

その年は……ということであろう。

「うわ、大変。十六人、食べざかりでしょう」

皆、ほとんどが大学生だという。

「少し年食ってるのもいるけどね」

キリスト教では自分の罪を心で吟味することを「悔い改める」という。しかし修道院の食堂では常に「食い改める」ために、お代わりをしに立つ神学生が多いのも本当だと、年上の神父たちは言うのである。

この時の会話はそのままだった。神父は決して、世間に理解を求めたり、言い訳をしたりすることはなかった。その時、自分がすべきことは神の指図によるものであり、その方向が見えてさえいれば、誰にそれを説明することもなかったのだろう。

私に「人のことは書かない、言わない」という姿勢がますます固まったのも、こういう出来事が何度もあったからなのだ。私は図々しい性格だから、坂谷神父に、「神学生は今は何人養っておいでなのですか」などと聞く。しかしほんとうの養い手は、神父でも株の贈り主でもなく、株の遺贈という形を借りた神なのだ、と神父は知っている。神は真理を人間に贈りたいのだ。ドラマの書き手はいつも神で、私たちは下手な役者を務めている。

生き方の好みがその人の「芯」になる

生き方は一人で選び、結果も責任も当人が負うのが当然と考える。「芯」などというが、つまり好みである。教育も好みの問題だ。好みのない人は、多分思想も哲学もない。死に方も好みに多少繋がっている。

毎日の暮らしで、一々芯を通しているわけでもないが、毎日のおかずの一品として出てくる「小松菜のおひたし」にだって、味の好みがあって当然だから、できるだけ出来合いのおかずを買わず、自分で好みに近いように調理する。それが人間らしい。その程度のことを私は自分にも他人にも望んでいるだけだ。

しかしその程度のことでも、人間の個性は絢爛と咲き、その思想の複雑さ故に、社会は安全で味わい深いものとなる。

芯がないと、ただの浮遊物だ。少なくとも精神を持った人間の生き方ではない。私はその恩恵も受けたいのだ。

心と体に触れる一瞬の輝き

アフリカの難民キャンプに、緒方貞子国連難民高等弁務官とご一緒したことがあるが、何十人、何百人と泥だらけの手の子供たちと握手なさった後で、友好の印に差し出された「生水」まで飲んで見せねばならないことにおなりになった。心配になったので「梅肉エキスをお飲みになりますか？」と小声で伺ったところ、「ほしいけれど手があまりにも汚れているので」とおっしゃったので、誰とも握手しなかった私の指で、口にお入れしたことがある。エボラ出血熱が蔓延《まんえん》している土地では、患者に素手で触れることはできない。

しかし普通の場合、人は相手の肌に触れると相手が心を開くのを感じるものだ。医学的に禁じられていないなら、触れたり、さすったりしてあげるのがいい。

一応健康に生きているということは、それだけで美しいものだろう。死んだ人が美しくなることはないので、「健康」そのものが輝くような美だろうと思う。人の体と心に触れて生きる瞬間を大切に感じなければならないはずである。

本物の仕事

私の知人の一人は、たまたまあるカトリックの神父を知っていた。大変学識のある、慎重で穏やかな人物だった。かりにこの方をA神父とする。

神父たちは多くの方が酒好きだ。キリスト教はお酒もタバコも禁じている、と思っている方があるだろうが、カトリックの方ではそんなことはしない。A神父も、かなりお酒好きだったが、にこにこ顔をくずさず、お喋りになるというのでもなく、眠ってしまうのでもなく、はたから見ていても抑制のきいたいいお酒だった。

或る日のことである。知人は夜おそく、修道院を訪ねてみた。実はA神父ではなく他のB神父に用事があったからだ。ひっそりとした修道院の受付で待っていると、遠くから不思議な物音が聞こえて来た。

それは、野獣の遠吠えのように初めのうちは聞こえてきた。そのうちに、それは人の叫びのようになり（もっとも、言葉は一言も理解できなかったが）、それが、やがてすすり泣きのようにもなって来た。しかし泣いてばかりいるのではない。泣き声かと思っていると、やがてそれが遠吠えのように変わって来たのである。

初め知人とB神父は、そのような物音を無視して喋っていた。しかし静かな夜には、その声がいやでも耳に入ってしまう。

「あれは何ですか」

と私の知人は尋ねた。一瞬ためらいが相手のB神父の顔に浮かんだが、彼は答えた。それはA神父が泥酔して叫んでいたのである。B神父は、A神父が年に一回くらいはああなるのだ、と言った。それから優しくつけ加えたのである。

「誰も皆、辛いことがありますからね。A神父さんもいろいろ大変な仕事をかかえています」

私の知人はその時、ああA神父の修道生活は本物だ、という気がしたといった。私も同感した。尊敬を失うどころではなく、その話を聞いて私はいつになく涙がこぼれそうになってしまった。

「目立たない」という美徳

人間の生き方は、できるだけ目立たない方がいい。人類が発生してからどれだけ経つのか私には考える気力も知識もないが、その間に夥しい死者たちが生きて力尽きたその方法は、大河のように自然なものであった。その偉大な凡庸さに従うことが、実は人間の尊厳でもある、としみじみ思うのだ。

ことに老年にとって、「目立たないこと」は、明らかに美徳と言ってよい。私は毎年、障害者や高齢者を含めた外国旅行をしているが、その中で性格のいい人と健康な人は、瞬間的には目立たないということを発見した。身勝手な人（私も、その一人だろう！）や、体に故障のある人は、グループの中ですぐ目立つのである。だから八十代、九十代の人で（ほんとうにその年頃の方が、今までに何人も旅行に参加したのだ）健康な人は、グループの中で、遅れもせず、階段の上り下りに危険も感じさせないから、とにかく目立たないのである。後からじんわりと、これはすごいことだ、と思うだけである。

誰でも、たとえ心にどんな悲しみを持っていようが、うなだれずに普通に背を伸ばして歩き、普通に食べ、見知らぬ人に会えば微笑する。それこそが、輝くような老年というものだ。馬齢を重ねたのでないならば、心にもない嘘一つつけなくてどうする、というものだ。この内心と外面の乖離を可能にするものこそ、人間の精神力なのだろう。それは雄々しさと言ってもいいかもしれない。

尊敬は快楽になる

正直なところ、若い時の私は、もっともっと物質的であった。しかし、今は少し違う。私の現在の快楽は、パウロが挙げた幾つかのすばらしいことを見ることによってほとんどカバーされていると言ってよい。パウロが第一に「真実であること」を挙げているのは、意味深い。私たちは嘘をつく気でも、ごまかされる気でもなくても、真実から遠のくことがある。見栄、流行、世間体、政治の圧力といったものも、真実を覆い隠す。自分の弱みを言えなくて苦しんでいる人は実に多い。「真実であること」を貫くには勇気がいる。

尊敬が快楽であることを知ったのは、もうずっと以前だが、そんなものが快楽になるなどということさえも、若い時には思いつかなかった。しかし、今では、もうそのことしか楽しみはないような気さえする。完全という人はいない。と同時に尊敬すべき点がないという人も、皆無に近い。ただ、人には好みがあるから、尊敬してはいても、付き合いきれないということはある。しかしどんなにほかにおかしな癖があろうとも、どこか一点いいところがあれば、私は付き合っていて楽しい。その一点は、必ずパウロの挙げた美点のどれかに該当するのである。

愛は実用品ではない

人間の不思議さは、愛していない人をも愛する方法があるということだ。その知恵を、私は、私の先生であるカトリックの修道女から教えて頂いた。それは虚偽でも偽善でもない。なぜなら、人間はそれを非難できるほど強いものではないからだ。

愛、愛と言いながら、実は、一生本当の愛など知らずに過ぎて行く人たちが、実は意外と多そうなのに驚くことがある。そういう人たちは生活技術のうまい人なのだが、その面の達者はかえって愛することは下手なのかも知れない。

愛というものは、それだけでひとつの完結した世界なのだろうと思う。愛はしかも実用品ではない。何かで買うこともできない。求め方のルールもなければ、その結果がどうなるかという保証もない。

それはしかし、生命そのものである。それだけに哀しくしかも燦然《さんぜん》と輝いている。

この世は居心地が悪いから愛が求められる

この世には居心地の悪い世界もあることに敢然と私たちは耐えて、それを承認して生きていく。居心地の悪い世界だから、そこに愛の必要性も生まれたんですよ。

条件反射的な祈り

別れた恋人を思い出すたびに、その人のために祈ったという女性を知っている。

その女性は実に十数年も、その人のために祈ったのだった。そして、十数年ぶりで、今はもう妻子もあるその人に会って、

「あまりしょぼくれてるので、何だか気抜けして、祈るのをやめちゃった」

と彼女は言ったのだった。彼女は、主に彼のために、キリスト教徒が神自身から与えられた唯一の偉大な祈禱《きとう》文、「天にましますす、我らの父よ」を祈ることにしていたが、何年も経つうちには、時にはまちがって、食前の祈りを唱えたりするようになってしまったりしていた。そんな滑稽なことがあったにもかかわらず、彼女はその男のことを思い出すたびに、とにかく反射的に祈ったのである。

めぐり合いの不思議

私はおもしろ半分に手相を読むことを習い、その中でもとくに、結婚前の失恋の数だけをみることにしている。私の手相は当たっても当たらなくてもどうでもいいのだから、「僕の初恋は」などという話を聞いた後でも、あなたには、失恋

線はでていませんよ、ということもある。

しかし、たいていの人には、一、二本の失恋線と言われているものがあって、その反応が又おもしろいのである。

「そう、よく当たってる。一人は結核で死んじゃった。もう一人は戦死。それで今の主人と結婚したのよ」

という老女に会ったことがある。

手相はいい加減だが、大切なのは、失恋はよかった、と思っている人が多いことである。事実そうなのであろう。あの男、いい人だったけれど、テイシュにしたらよかったかどうか、と思うのである。テイシュにしてみれば、答えは歴然と出てしまう。ああ、こんなはずじゃなかった。結婚前はドストエフスキーやサルトルの文学の話などしたのに、結婚したら、もうサルトルのサの字も言いやしない。それどころか、昨日なんか、私がトイレに入っていたら、巻取紙の金属の鳴る音を聞いていて、「おい、花子、お前は紙を使い過ぎる」だって。ケチ。これが私の恋愛の結果だと思うと、ぞっとするわ、ということになるのである。

その点、失恋は安心だ。心を安んじて、あの人はいい人だった、と言い切れる。失恋は一人の人間についての評価を完結させる魔術である。ふつうの人間は生きている限り、その評価が刻々と変わって行くのをまぬがれ難い。しかし失恋は、相手の印象を石に刻みつける作業に似ている。もはやその価値の横顔はほぼ永遠に変わらない。

何よりも大きな意味は、多くの場合、何人かの失恋の相手は、本当にその人がめぐり合って結婚すべきだった相手のところまで、彼又は彼女を導いて行くのに必要な道標だった、ということである。

夫婦がつくる家庭はどこも凡庸である

家庭というものは、ことごとく未完成である。これで完成したなどという家庭を、私は見たことがない。しかも死ぬまで、結論はでない。この不安に満ちた変化の見定めがたい状況を捨てて、情熱的な生き方をしてみても、私のような性格にはあまり似つかわしくない。

いつの頃からか、私は平凡であること、凡庸であることは偉大だと思うようになった。そして家庭は信じられないほど凡庸だ。恐らく大統領の家だって、総理大臣の家だって、夫婦のつくる家というものは凡庸なのだし、又凡庸であらねばならないのである。もし非凡なら、非凡であるという点で、恐らく夫婦は苦しむか、罰を受けるか、結婚は破滅の危機に瀕する。

私は自分が凡庸な生活をすることを大切にしようと思った。それは私が小説を書いていく上での根本の態度とも関係がありそうに思える。

しかし又、言い方を変えれば、凡庸な生活を続けるということも、それほど楽なことではないかも知れない。どんな平凡な夫婦でも、二十年、三十年、いやひょっとすると五十年を暮らすには、大人げや、哀れを知る心や、明るい諦めや、さまざまなものが必要であろう。

小さいけれど大きなこと

夫の死後、夫の浮気を知らされた一人の女性が、「何だか、この世がつまらなくなっちゃった」と言ったこともある。その時、彼女は決して「腹が立つ」とは言わなかった。ただこの世が色褪せて見えたと感じたのだろう。夫婦の間で、真実の、誠実の、愛の、協力の、と言ってきたことがすべて嘘だと思えたのである。その結果、彼女はこの世で、何を拠り所にすべきかわからなくなったのである。こういう価値観の混乱を引き起こす原因になることは、意外と大きな罪悪なのかな、と私はその時思ったのである。

もちろん、私の中にも、現世の認識はすべて錯覚のうえだ、という自覚がある。真実を知りたいとも思うけれど、真実なんか知りたくもない、それより楽な方がいい、という本音も用意されている。

しかし家族にも友達にも裏切られないで過ごせた、ということは、すばらしいことだ。それだけで、人生は半分以上成功している。言葉を替えて言えば、家族を裏切らなければ、それだけでその人は、数人の家族の心を不信から救ったのである。どんなに立身出世しても、家族を不信に叩き込んでおいて、人生が成功することなどあり得ない。

若い時には、人間は一生の間にどんな大きな仕事でもできるように考えていた。しかし今では、人間が一生にできることは、ほんとうに小さなことだということがわかってしまった。しかし小さいけれど大きなことの中に、この信頼というものが確実に存在している。

人間すべてが深く求める現代の悲願

バチカンのフランシスコ新教皇関係の記事をあちこちで読みながら、どこかの新聞が関係資料として出すのを待っていたが、いまだにその気配がないので、私が書くことにする。

新教皇は、教皇としての自分の名前を選ぶ時に、アッシジの聖フランシスコからとった。この方は十二〜十三世紀の人だが、簡単に言うと放蕩《ほうとう》息子の果てにみごとに回心した人である。おもしろいことにカトリックの世界では、聖人と言われるような人の多くが、一度は「不良」青年と呼んでもいいような前歴を持っている。人間としての厚みは、決して単純にはできないのである。

アッシジの聖フランシスコは生涯の前半を、金づかいの荒い、パーティー好きの青年として過ごした。しかしその空しさを悟った後、あらゆる物質への執着を捨てて、清貧を選んで生きた。フランシスコ会と呼ばれる彼の修道会は、今でも修道服を、縄の腰帯で結んでいる。それはフランシスコが、裕福な商人であった父からもらっていた富の象徴であるぜいたくな服を脱ぎ捨てて、粗末な修道服を身につけ、一説では道端に捨ててあった縄を腰に縛ってベルト代わりにした、という伝説によっている。

しかしどのマスコミも紹介しなかったのは、フランシスコの作った有名な「平和の祈り」である。マザー・テレサもたくさんの胸に迫るような祈りを作ったが、フランシスコの「平和の祈り」は人間の作った祈りの中で最高の名作といえる。

「平和を願う祈り
主よ、わたしをあなたの平和の道具としてお使いください。
憎しみのあるところには愛を、いさかいのあるところには赦《ゆる》しを、
分裂のあるところには一致を、迷いのあるところには信仰を、
誤りのあるところには真理を、絶望のあるところには希望を、
悲しみのあるところには喜びを、
闇のあるところには光を、もたらすことができますように。
主よ、慰められることを求めず、慰めることを求めさせてください。
理解されることよりも理解することを、
愛されることよりも愛することを求めさせてください。
自分を捨てて初めて自分を見いだし、赦してこそ赦され、
死ぬことによってのみ、永遠の生命によみがえることを、深く悟らせてくださ

い」

英国国教会とカトリックは、長い間、対立の歴史を持っていた。しかしダイアナ妃の葬儀の時、このフランシスコの「平和の祈り」が歌われているのをテレビの中継で聴いて、わたしは驚き深くうたれた。この祈りの内容こそ、新教皇だけでなく、人間すべてが深く求める現代の悲願なのである。

不公平な運命に抗う面白さ

「人間は平等」と日本人は教えられたが、しかしこれはれっきとした嘘であった。およそ地球上に存在する総《すべ》てのものは、決して平等の運命にあずかれるようにはなっていない。同じ電車に乗っていて、その電車が衝突事故を起こしたような場合、どうして誰かだけが命を落とし、他の人が無傷でいるのだ。平等を嫌う遺伝子さえも、人間の中にはれっきとして埋め込まれていると思うことがある。人をだし抜いて、自分だけがいい境地に行きたいと思うのがその表れである。ただどんなに運命は不平等でも、人間はその運命に挑戦してできるだけの改変を試みて平等に近づこうとする。それが人間の楽しさである。

世の矛盾が人間であり続ける余地を残す

この世は矛盾だらけだが、その矛盾が人間に考える力を与えてくれている。矛盾がなく、すべてのものが、計算通りに行ったら、人間は、始末の悪いものになったろう。すくなくとも、私は考えることをやめ、功利的になり、信仰も哲学もなくなる。正義が果たされる現世など、決して、我々が考えるほどいいものではない。逆説めくが、人間が人間らしく崇高であることができるのは、この世がいい加減なものだからである。正義は行われず、弱肉強食で、誰もが容易に権力や金銭に釣られるから、私たちはそれに抵抗して人間であり続ける余地を残されているのである。

常識的にはマイナスのものが人を創る

秀でているところ、などと言うと、また世間はすぐ常識的なプラスの意味でしか考えない。しかし世間は複雑で、秀才でなく凡庸、協調でなく排他、勤勉でなくずぼら、裕福でなく貧困、時には健康でなく病気すら、人を創り上げる力を持つ。

「黙する時」の発見

自分を言葉の上で陥れた人たちに対して、強烈な悪意を抱いていた人がいた。殴り合いこそしなかったが、いつもいつも、その人が自分についてどんなデタラメを言っているかを世間に訂正し続けなければ、その人の心は休まらないのであった。

それが突然、ある時期からこの人はその手のことに触れなくなった。「語る時」があった後で、この人は「黙する時」を見つけたのだ。

それは季節の遷《うつ》り変わりと同じように自然さに満ちたものなのかもしれない。人間は普通、俄《にわか》に深い知恵を持つことはできない。人は長い年月、時には迷い、時には間違い、時には愚かなことに情熱を燃やし続けて、その果てに最高の選択の時に出会う。

雪が降り、若芽がふき、灼熱の太陽が出て、その後に初めて紅葉の色鮮やかな秋に導かれるように、である。

奇跡の本当の意味

奇跡というものは証明できないものです。分からないのが奇跡であって、その奇跡を説明するということになると、人間には無理がいく。もちろん、「奇跡なんて」という人に無理に信じなさいというものでもありません。

ただ、ルルドでは別の形の奇跡はあります。ここには、目の見えない方もよく来られて、泉の水で目を洗ったり、水を飲んだり、沐浴をしたりします。そのようなことをして、なかには突然見えるようになった人もあるかもしれませんが、たいていの人は別に見えるようにならないのです。（中略）

今、たまたま健康である人と病んでいる人とが、お互いの存在を受け入れ、受容のなかに組み込まれたときに、突然、自分と人が違って、たとえば視力を失ってしまったとか、歩けなくなってしまった、とかいう不幸に対して、恨みでなくて、ある許し、受容、愛に包まれているという感情を持って、自分の身の上に起きた常識的にいうと不幸を何とかして生かして、残りの人生をみごとなものにしようと思う人が出て来るでしょう。それもかなり多くの人がその境地に到達します。

私はそれを奇跡だと思うのです。見えない眼が見えるようになったわけではありません。しかし、その不幸によってもたらされたプラスの意味が突然分かる人がいる。私は奇跡というのはそういうものだと考えているわけです。

無数の他人が自分を創り上げる

他者がどれほど自分を育てる役割をするか。私たちは一人では決して自分をこれだけにもすることはできなかったのである。拒否され、嫌われ、積極的に意地悪をされ、時に愛され、救われ、ホメられ、その中で、私たちはどうにかこうにか一人の人間を創り上げて来たのである。

人間関係の素晴らしい解決策

距離というものは、どれほど偉大な意味を持つことか。

離れていさえすれば、私たちは大抵のことから深く傷つけられることはない。これは手品師の手品みたいに素晴らしい解決策だ。そしてまた私たちには、いや、少なくとも私には、遠ざかって離れていれば、年月と共に、その人のことはよく思われてくるという錯覚の増殖がある。

運命は努力の通りにならないから救われる

考えてみれば、運命に流される、ということが私にとっては非常に重大なことであった。それは努力して運命の流れに逆らうという一見正反対の姿勢と、ほとんど同じくらいの重さで人生にかかわっている。そしてこの二つの行為は決して矛盾してはいない。

もし自分の努力が必ず実る、ということになったら、人生は恐ろしく薄っぺらなものになるだろう。うまく行ったら、私は途方もなく思い上がり、失敗したらまさに破滅しそうなほど自分を責めるかもしれない。努力と結果が結びつかない、というところに、救いがあるのだし、言い訳もなりたつのである。因果関係は必ずしもはっきりはしない、というところで、世界はようやくふくよかなものになったのだ。

堂々、黙々と運命に流されることの美しさ

大きな運命にいたっては、人間は何ひとつ、自分で決めた訳ではない。私たちが、二十世紀の終わりに、日本人として、それぞれの家庭に生まれ合わせたこと、どれひとつとってみても私の意志ではなかった。私たちはその運命を謙虚に受けるほかはない。

自然に流されること。それが私の美意識なのである。なぜなら、人間は死ぬ以上、流されることが自然なのだ。けちな抵抗をするより、堂々とそして黙々と周囲の人間や、時勢に流されなければならない。

同じ家庭内の仕事だけに留まっているにしても、そう思えば本当は孤独でなどありようはないのだ。なぜならその人は、そのように生きることを神から命じられているからだ。そしてその人の行為は、誰からもホメられなくとも、それは単独に、そのことじたい、立派に完結して輝いている。自分の行為を、他の人によ

って評価されねば安心できない人は、そこでいつもじたばたすることになるのだ。

不服な結果に見えざる配慮を見る

昔も今も、私は性こりもなく、たくさんのことを願って来た。しかしいつの間にか自動的に、それはもし神が望まれないことなら叶わないだろう、ということを承認するようになった。いやそういう言い方さえ正しくない、私がその結果を承認しようがしなかろうが、不可能なものはできないのである。

しかし、或ることの結果をただ不服とするか、そこに、神の意志をよみとるかどうかは、大きな違いである。私は昔から諦めのいい子だと言われたが、望ましからざる結果を、ただ諦めていても別にいいことはない。むしろその中に、その結果こそよかったのだ、望みが叶えられなかったことこそ神の深い配慮だと、わかることが必要なのである。

老いと死が謙虚を導く

何もしないのに、人間は徐々に体の諸機能を奪われ病気に苦しむことが多くなり、知的であったその人もその能力を失い、美しい人は醜くなり、判断力は狂い、若い世代に厄介者と思われるようになる。

昔の人々は老いと死を人間の罪の結果と考えたが、それもまたまちがいなのであった。何ら悪いことをしなくても、それどころか、徳の高い人も同じようにこの理不尽な現実に直面した。

老いと死は理不尽そのものなのである。しかし現世に理不尽である部分が残されていなければ、人間は決して謙虚にもならないし、哲学的になることもない。

老年はことごとく私たちの浅はかな予定を裏切る

老年はすべて私たち人間の浅はかな予定を裏切る。時間ができたら、ゆっくり本を読もうとすれば、視力に支障が出る人も多い。老年になって山歩きをしたい人など、内臓が健康でも、膝に支障が出れば、それも叶わないだろう。

一番おかしいのは、ゆっくり趣味を楽しみたいと思う時に、定年退職した夫がいることが最大の予想違いだ、という人も多いことだ。夫が全く家事に無能で、自分でカップ麺にお湯を注ぐこともできない人だから、と言う。一方で、「今ご主人のいる人はほんとうに大変だと思うわ。私は一人だから実に楽」とクラス会で言い切っているメリー・ウィドウもいるのだから、人生はとうてい計算できない。

黄昏のもの悲しい時間

人間の一日には朝もあれば、必ず夜もある。その間に黄昏のもの悲しい時間もある。かつては人ごとだと思っていた病気、お金の不自由、人がちやほやしてくれなくなる現実などを知らないで死んでしまえば、それは多分偏頗《へんぱ》な人生のまま終わることなのだ。

一人の人の生涯が成功だったかどうかということは、私の場合、あらゆることを体験して死ねるかどうかということと同義語に近い。もっとも、異常な死は体験したくない。しかし尋常な最期はそれを受け入れるべきだろう。

これ以上にない人間的な納得

人間の心身は段階的に死ぬのである。だから人の死は、突然襲うものではなく、五十代くらいから徐々に始まる、穏やかな変化の過程の結果である。

客観的な体力の衰え、機能の減少には、もっと積極的な利益も伴う。多分人間は自然に、もうこれ以上生きている方が辛い、生きていなくてもいい、もう充分生きた、と思うようになるだろう。これ以上に人間的な「納得」というものはない。だから老年の衰えは、一つの「贈り物」の要素を持つのである。

第2章

上機嫌に生きる

運命の不可思議を大らかに受けとめる

　地球は個々人のさまざまな思いとはまったく別の力で動いているのである。「なせばなる」のだったら、私は逆に、そのような小ざかしい、見えすいた論理で動いている社会に、改めて深く絶望しなければならない。

　しかし、しあわせなことに、人間の努力も善意も正義も、ときとしてまったくその存在を忘れられたような矛盾に満ちた複雑な論理で世界は滔々と動いて行く。私はそのような神秘的ななりゆきに深く感動できるのだった。

　ノアの方舟がアララト山の上に着いたのは、ノアが望んでそうなったのではない。ノアは、あそこまでたまたま連れて来られたのだ。

　私たちの一生も皆ノアなのである。その不可思議な運命を大らかに受けとめて行ける人こそ、我が同志という気がする。

この世のからくりがわかってくれれば楽しくなる

不思議なことに、長い人生なら、運の良し悪しはたいてい均《なら》されるものだし、それぞれに思い通りに行かない人生と闘ってきたあとだから、そこに多少の差が出ても納得できるようになる。努力した人が必ずしも富や権力や幸福を得るわけでもなく、怠けた人や頭のよくない人がどん底に落ちることもない、というこの世のからくりの面白さがわかってくる。

地声で物を言っていればよい

一般に、自分がよく思われたいと期待する時に、そこに奇妙な緊張を生じる。よく思われて褒められなくても、私は私なのである。褒められたからと言って、私の実質に変化があるわけではなく、けなされたからと言って、私の本質まで急に悪くなるわけではない。

時々世間には、「悪者」だと言われる人が出てくるが、その人がどの程度「悪者」であるか、「善人」であるかは、世間の風評とは全く関係ない。よく思ってもらうことを、世間に期待しなくなると、人間は地声で物を言っていればよく、とびはねて歩かなくても大地を踏みしめて立っていられ、まことに楽になる。世渡りから見ると、これは下手なのだろうが、この自然さは、精神に風通しをよくするから健康にいい。

生活の達人

人間の幸福と不幸は、質こそ違え、あらゆる階層の生活に遍在している。食べるものがなくて、空腹を満たせないという根源的な辛さは、貧しい生活特有のものだが、物質的に豊かでも、心が満たされていない不幸はどの生活にもある。

要はあらゆることにドキマギせず、自分の身の周辺に起きたことを、むしろしっかりと味わって、現世をおもしろがれることだろう。それができる人を、私は「生活の達人」と呼んで憧れている。

西方浄土のお迎えが来たかのような錯覚

三浦市にある私の家でも、季節はどうも普通より早目にやって来る。

毎年二月に、私の手作りの粗餐《そさん》を食べにいらしてくださるお客様があるが、私は必ず蕗《ふき》の薹《とう》を探しに庭に下りる。ない、ように見えてもある年が多いのだ。母に蕗の薹の料理など習ったことはないのだが、何となく自分流に蕗味噌を作る習慣がある。

私は東京育ちで、家の近所で精進揚げの材料を採ってくるなどという発想は全くなかった。しかし三浦市で時々暮らすようになって、家の周辺で草摘みをすることを覚えた。芹《せり》の辛子和えなどが最初だった。蕗もフェンスの近くに密集して生えていた。

次に欲を出して、タラの木を植えた。若芽を天ぷらにすると、実においしい。タラの木をどんどん増やして、今や我が家の春は、タラの芽だらけだ。枝を切ってちょっと土に挿しておくだけでいくらでも芽が出る、とも教わったが、それはバタリー式の鶏小屋で、むりやりに鶏に生ませた卵みたいで、まだそこまで阿漕《あこぎ》な「生産」はしていない。

春は日が長くなって、夕食の時に天ぷらを揚げかけていると、落日になることが多い。誰かが「夕陽を見なさいよ！」と声をかけるので、私はその度に深刻に悩む。夕陽を取って天ぷら油の温度が一度下がってしまうのを納得するか。それとも夕陽を見るのを今日は諦めるか、である。

夕陽は輝く黄金の時間だ。海全体が金色に染まっている。こんなに豪華できらびやかでいいのか、とさえ思う日がある。死ぬ日がこんなにきれいだったらどんなにいいだろう、とも思う。さしていいこともしていないのに、西方浄土のお迎えが来たかと錯覚できるだろうから。

希望は人間の生命の営みに組み込まれている

希望は、人間が食べたり、眠ったり、歩いたりする本能と同じように、人間の生命の営みの中に組み込まれている要素だと思うことが多い。

病気でだめだと言われても、もしかすると自分だけには奇跡的な回復があるかもしれないと思う。

片道分の燃料しかないままに出撃した戦争中の神風特攻隊の人たちですら、もしかするとアメリカの戦艦に拾われて生きて帰れるかもしれない、と考えたという話に私は深く打たれたことがある。

希望は人間の生理的な働きそのものなのかもしれない。

その人らしい選択で生きている個性に触れる

私の周囲には、いい意味でも悪い意味でも個性のはっきりした人が多くて、私は「この話をあの人に持って行っても、多分、イエスと言ってもらえないわよ」などと言うことがよくあった。

人につられて承諾することもなく、世間を恐れて早めに断るということもない。いわばその人らしい選択で生きている人ばかりで、その個性に触れることが、私の幸福でもあった。

人間に大切なのは「本質」だけ

亡くなった夫は、昔、日本大学芸術学部という所で教えていた。彼は自分の勤め先の大学を、この上なく愛していたが、それはそこで学ぶ学生が今時めずらしいほどの個性をしっかり持っている若者ばかりだったからだ。

夫の記憶に違いがなければ、の話だが、彼はある日、大学の男子トイレで、隣に立っている学生を見ると思わず言った。

「君の髪は大したもんだね」

いわゆるアフロ・ヘアで葱《ね ぎ》坊主みたいだったのだそうだ。そんなことをオシッコをしながら言う教師もかなり非常識だが、学生はまた動じなかった。

「そうなんです。僕は寺に生まれたもんで、小さい時は坊主頭に刈られていたんです。大きくなって少し髪が伸びた時、生まれつきの天然パーマだってわかったんです」

それが後年の有名な写真家、篠山紀信氏であった。夫と私は仕事の上で、何度か篠山氏に撮影をしてもらったが、その間、夫は往年の学生が世界的なカメラマンになったことを心から喜んでいるようだった。

人間にとって大切なのは、本質だけ、精神だけだ。付随的なことは、すべて楽しい特徴に過ぎない。

人生で使う道具は一つあればいいと笑って済ます余裕

自分が或る小さな社会にとって必要な人間だという自信があれば、他のことで少しくらい嘲《あざけ》られてもばかにされても、人はあまり気にしなくなる。つまり人は一つだけ、自分が他人の追従を許さない専門分野を持てばいいのだ。それも大したことでなくていい。サハラにおける私のように、やっつけ料理がうまいという程度の、ちょっとした得意業でいいのである。

その時初めて人間は頭が悪かったり、貧乏だったり、不器用だったり、学歴がよくなかったり、病気持ちだったりする僻《ひが》みの種となるものから解放される。人生で使う道具は一つあればいいや、と笑って済ます余裕ができるのである。その時私たちは、確実にいささかの魂の自由も同時に手に入れるような気がしてならない。

二番手につく人の方が長続きする

私は昔から書くのがすきだった。どんな時でも書くものがあれば書けた。最近では、私は夫の亡くなった夜、ほんの二、三枚書いてみたことがある。現在の自分の心理に押し流されず、書きかけていた世界の続きを書けるか、と思ったのだ。私はひどく疲れていたが、書けた。私はやはりプロであった。喜ぶべきことでも悲しむべきことでもない。私はもう六十年もそのような現在の心情を超える「修行」をして来ているから、作家としてどうやら生きて来られたのだ。仕事は才能のあるなしではなく、継続に耐えられるかどうかだけ、というのは本当なのかもしれない。

トップではなく、むしろ二番手につく人の方が長続きするというのが偉大な真実だということに、私たちはもう少し早く気づくべきなのだ。

人間の美点は決して単一ではない

そもそも人間の美点は決して単一ではないのである。学校などでは、きちょうめんで、落し物もせず、宿題も忘れない子供が高く評価される。それに比べて、私の結婚した相手はどうだろう。講演会、原稿の締切り、出版記念会、他人との約束、すべて忘れる。忘れて少しもそれを悪いと思わないらしい。

「僕は二カ月経ったら、意味のなくなるようなことは、覚えないようにしているんです」

と平気である。そのかわり読んだ本の必要なことは、決して忘れない。いざというときには、頭の中にしまってあるどの引出しでもさっと開いて、必要なデータをたちどころに集めることができる、と私は評価したのである。

よく知った相手にも未知の発見がある

私の雑誌の仲間に、

「ボクの女房は、つまりキズモノだったんですよ」

と嬉しそうにいう男がいた。さては彼の夫人は、以前、男関係があったのかと思いきや彼は、

「うちの奥さんは心臓が悪かったのさ」

というのである。それでも子供を二人も生んでいるところをみると、たいしたキズモノでもなかったようだが、彼にしてみれば、あのがっちりした女房が、あれで心臓が虚弱だった、などということを知れば、なんとなく優越感も湧き、新鮮な驚きで、いっそう女房を労《いたわ》らねば、と思うようになるのである。結婚した後でさえ、発見ということはかくも楽しい。

発見されるべきことは、何も高級な劇的な立派なことでなくてもよろしい。私

は婚約中に、私が魚を食べるのをじっと見ていた三浦朱門クンが、

「ニャンニャンと啼《な》き出しそうに食べるなあ」

と感嘆して呟いたのを聞いたことがある。

福井県の港町に生まれた母に育てられて、私は魚が好きである。ことにアラ煮が好きだ。骨の間の小さな肉まで洗ったように食べてしまう。猫の技術に近い。三浦クンにすれば、近々女房にするつもりの女が、これほど魚の食べ方がうまいとは思わなかったのである。これは何と評価すべきか。魚を食べるのがうまい女房をもらうと、トクなのかソンなのか。いやこれはあまりにも下らぬことだ。この次には夜中に油を舐めるかも知れぬ。

しかし大切なのは、その期待である。油を舐めたのを見届ければ男は逃げ出すかも知れないが、自分の恋人や女房がどんな女か見つくしていないと思っているうちは、男は好奇心という、人間本来の興味でついてくるかも知れない。

結婚式は盛大であろうと、ケチであろうと、ケンカの種であろうと、たいしたことはない

私たちの結婚は、特に祝福された訳でもなく、特に反対された訳でもない。特に華やかな披露をした訳でもなく、とくにケチだったということもない。いわばごく普通のものだったが、それでもなお、夫の観察によれば、式の当日、親戚の主だった夫婦は、皆、多かれ少なかれ、喧嘩をしたというのだ。それはおそらくたいした理由ではなく、手配しておいた車がおくれたのは、誰それの電話のかけ方が遅いからだ、とか、あのときご祝儀袋を持ってくるように頼んだのに聞いていなかった、とか、そんなようなことが悶着《もんちゃく》の種だったのだろうが、とにかくそこにいた夫婦たちは、花嫁花婿を祝福するより先に、まず浮世の不如意に心をくだいていたのだ。

しかし、それだからと言って別にひがむことはない。結婚に附属するさまざまの行事はどれも多かれ少なかれ、ステキでないものである。私は、往年の不良青

年だった三浦から、

「まあ、仕方ないから親たちのカオを立ててやりましょう。だけど、もし面倒くさくなったら、ようするに逃げちまえばいいんだ」

と不遜なことを囁かれていたから、結婚式というのは二人のためのものというより、親たちを安心させるためにしぶしぶ行うものであり、従ってそれが盛大であろうが、喧嘩の種であろうがたいしたことはない、という気になっていた。

結婚のすべての形態を自分たちで整えるという幸福はなかった

私たちが結婚してまもなく、私たちの知人（男）がある女と駆け落ちした。その親たちから頼まれて、夫は二人の隠れ家をつきとめに行って、半日で捜し出してしまった。私はよくそんなにすぐわかったものだと感心した。

もちろん、東京中を捜し廻った訳ではない。いろいろな理由があって、彼らがだいたい何区の何町あたりにいるらしい、というインフォメーションは与えられてあったのである。夫にはそれだけで充分であった。

　彼は町内の蒲団屋を片端から歩いた。最近××という名で二人分の蒲団を買いにきた客はなかったか、と尋ねて歩いたのである。他の小物なら客の住所をつきとめるということは、まず不可能に近い。しかし幸いにも蒲団は必ず届けて貰うものである。

　蒲団屋から簡単に足がつき、夫がそのアパートに行ってみると、若い二人は、まだ家具といったら卓袱台《ちゃぶだい》くらいしかない四畳半の部屋の眩しい朝陽の中に、びっくりして坐っていた。二人はどうして自分たちが発見されたか、半信半疑だったが、いずれにせよ、母親を寝こむほど心配させたのは悪かったと言って、さっそく電話をかけに行った。

「しかし、羨ましかったな」

　と夫は家へ帰ってくるなり言った。

「僕もあんな風に、何にもないところから出発してみたかった」

　私たちは――あまりに多くのものをかかえ過ぎていた。夫婦仲の悪い私の両親

（私は一人娘だった）、そして長男としての彼の立場。結婚してすぐ私の家へ住むことになっていたからしあわせのようにもみえたが、私たちは、結婚のすべての形態を自分たちで整えるという、輝くような幸福を味わう機会は与えられなかったのだった。

愚婦凡夫でも何とか続けられるツボ

私たち夫婦は、比較的固定観念が少なかった。権威に対してやや淡々としていられる。できるだけたくさんのひとがバッタバッタと死ぬ西部劇やスパイ映画を好む。食いしんぼう。旅行好き。田舎好き。漫画好き。

これらのお笑い草のような一致点の中には、私が歩み寄ったものが多い。私に野性の生活の楽しさに眼をひらいてくれたのは彼だった。私にくさいチーズと臓物料理の味を教えてくれたのも彼だった。まあ、そのくらいのところで一致していればいいや、と二人は思っている。あとは違っていても、お互いにそういう相手を選んだのが不覚と思えばいい。

彼の方はモテタ、モテタというところを見ると、他にいくらでも嫁さんの相手があったのかも知れないが、私は必ず縁談に差支えるほどの近眼で、誰でも貰ってくれるという訳ではないキズモノだったのだから、贅沢は言えない。そして、そんなふうにして、ついてきてしまった野良犬がいとしいように、夫婦が相手のことを哀れに思うようになったら、たいていの愚婦凡夫も何とか続いていくのである。

平凡に戻ることが一つの道標であった

少なくとも、私たちは仲の良い夫婦だが二人で生活の重苦しさに暗たんとしたことは何度でもあった。私はその一つひとつの場合を、明瞭に切り取って覚えている。

私は長い間、不眠症になり、その挙句に、夫に連れられて神経科のお医者さまのところへ行ったこともあった。私はものを喋れなくなっていた。何か言ったり説明したりしようとする前に、答えが十にも二十にも分裂し、その又裏が見えるように思えて、私は黙り込むのだった。

私は弱い妻であった。私はことに人間関係の重圧にすぐへこたれる。私は、夫も子供も捨ててどこかへ消えたいと思った。

しかし、そのとき、私は夫と息子に支えられ、最低のところ二人のためだけに、明るいのんきな女になっていなければならない、と考えた。偉くなくてもいい。平凡な女房であり、母であればいい。

私は数カ年かかって、元へ戻った。私はときどき激しく泣いたが、その他はさけびも、暴れもしなかった。そして私は又、再び健康になった。友人の女医さんが、私に睡眠薬のかわりに飲みなさいと言って、甘い葡萄酒《ぶどうしゅ》を持ってきてくれた。こういう親切な友人の好意に報いるためにも、私は平凡な状態に戻らなければならない。

私は元気になった。そこには他人にほめてもらえるような華々しい、英雄的な闘いがあった訳でもない。その結果が偉大なことだったというのでもない。しかし、息子は母親が元気になってほっとしている。夫は何も言わないが、私と一緒に酒を飲み、運動をしようとしてくれている。

私は再び凡庸こそ限りなく普遍的で美しいと思うのだ。

おもしろい人生を送り損ねる人

人格と品格は、ほとんど同じ言葉だとされているが、品格という表現にはどこか冷たさが感じられて、あまり使いたくない。その点、人格という日本語特有の表現は優しくて好きである。

人柄のいい人、という定義には、特に外見が美しいとか、大金持ちだとか、地位の高い人だとかいうニュアンスは込められていない。しかしそこには人間の魅力の源泉である温かさという美徳が込められていると私は感じている。

生きている人には体温があるのだが、このごろ他人のことなど眼中にない、という爬虫類のような人もいるようになった。もちろんライオンにも象にも、心に近いものはあるのだろうが、動物の心の主流は、もっぱら自己保存の本能に向けられている。自分以外では、子供が親を求めたり、子供を守ろうとしたりしているが、それらは自己保存の変形だろう。

身の回りの肉親や、他人のためにあれこれ思うことのできる心の存在が、人柄を作るのである。

人柄のいい人は、自分のであれ、他人のであれ、人生を総合的に見られる眼力を持っている。他人が助けられるのは僅かな部分だが、それでも手助けしようと考えるのである。別に自分の人柄をよく思われなくていいです、と若い人は言いそうだが、客観的に見てあの人は人柄がいい人だ、と思われないような人には、他人は尽くさないものだろう。

人柄の悪い人には、何か助けるべきことがあっても、してあげようという気にならないことがある。だから人柄がよくない人は、結果として貧しい人生を送る。お金やものに貧しいだけでなく、おもしろい人生も送り損ねるのである。

権威主義者の出来の悪い芝居

「来る者は拒まず」が原則だったが、私は去る者も追わなかった。いや、来る人の中に拒んだ人もいる。私は権力主義者が嫌いだった。会ってすぐ、自分は総理と食事をする仲だとか、県知事と親しいとかいう人がいると、私はその日から、その人との関係を疎遠にするようにした。深い意味はない。

ただ私は、そういう権力とのつながりを細かく記憶する人は、凡庸な人物に見えたのである。人生は限りある時間を使うことなのだから、その時間を、どう見ても平凡な人とのつまらない話に使いたくない。

権力でつながった人間関係の話に出てくる人物に、魅力が全くないのは困ったことであった。肩書きだけしかはっきりしていない登場人物が多いと、出来の悪い芝居みたいにすぐ退屈したのである。私は日々の生活の中のありきたりの話題の中でも、胸の躍るような人の存在があることを知っていた。話し方によっては、それらの人物像が浮かび上がってくることもあるのだから、退屈な話にはとうていついていけない。

ヴェネツィアのレストランで遭遇した言葉

私たちが食事に行くと、果たして席がなかった。私たち夫婦ともう一組のカップルは、煙草の煙も立ち込めた食堂の端っこで、席の空くのを待っていた。ボーイの一人はちょっとすれて小生意気な表情をした二十代で、東欧風の顔立ちをしていた。

彼は私に席は何人分要るのか、と聞くと、忙しそうにテーブルの間に消えた。その間に、よせばいいのに、夫は自分でもテーブルの間を歩き廻って、どのテーブルがデザートかコーヒーを飲んでいるかを偵察に行ってしまった。そんなことをしなければいいのに、である。だからこのボーイが「お席にどうぞ！」と言いに来た時、私には夫の姿が見えなかった。

「さっきまでここにいたのに、夫がいなくなってしまったの」

と私は謝った。すると彼は心持ち唇を歪めるような皮肉な笑いを浮かべながら言った。

「たまには、夫はいなくなった方がいいんじゃないか」

これが人間の会話というものだ、と私は思った。この小生意気で女癖も悪そうな二十代の青年の周辺には、まさにヴェネツィアそのもののような人生の矛盾が、常に渦巻いていたのだろう。

一族の女たちは、離婚し、姦通し、密会し、身だしなみ悪く、口汚く罵り、しかしどこか親切で涙もろかったのだろう。一族の男たちは、まず怠け根性の持ち主で、よその女に手を出し、インチキな商品を売り、詐欺に引っ掛かり、出奔して家族を置き去りにし、殴ったり殴られたり、アル中になったり、刑務所に入ったりする人生を送ったに違いないのである。だから「たまには夫はいなくなった方がいい」という実感は、ごく自然に、彼の口を衝いて出たとしか思われない。

私はこの年頃の青年が、瞬時にこれだけの人生を語れる力に深く感動した。その一瞬、私たちは客でもなく、食堂のボーイでもなかった。私たちは生まれた場所と血を異にしてはいたが、つまり人間であった。だからお互いに、ごく限られた語彙しか持たない英語でも、これだけの思いが通じ合えたのである。

魂が充たされた静かなる最期

或る年、私の知人が東京の聖路加国際病院の緩和ケア病棟に入院した。もちろん当人も賢い人で、自分の病状を十分に知っていた。

或る日、私が見舞いに行くと、病人はそわそわしている。息子が隅田川の桜を見にドライブに連れて行ってくれるのだ、という。

「それまでに、その点滴、終わるの？」

と私は尋ねた。

「ううん、ここじゃ、息子が来たらその段階で点滴を止めてくれるのよ。お花見の方が大切だから」

と彼女はちょっと笑った。

そういう判断が出来てこそ、人間を最期に送り出す場所だろう。後年私が働いていた日本財団の子供財団である日本音楽財団は、二十挺《ちょう》近いストラディバリウス（ヴァイオリンの世界的名器）を持っていて、世界中の有望な若手バイオリニストに無償で貸与していたが、その見返りに、年に一度ずつ、財団の一階ホールで、無料の演奏会を開いてもらっていた。

だから東京中に書類をオートバイで配送している会社の若者などが、合羽の雨滴を垂らしながら駆け込んで来て、その音楽会を途中からでも聴きに来てくれていたのである。普通の音楽会と違って、私は途中から静かに入ってくる聴き手を、締め出さない方針だった。人はそれぞれ厳しい生活の中で生きている。その音楽会に、私は聖路加国際病院の緩和ケア病棟の患者さんを招くことを提案したことがある。

あと数日でだめかもしれない患者さんも、いささかの気力さえあれば、車椅子のままストラディバリウスを聴ける。コンサートの途中で呼吸が止まっても、私も日本財団の職員も多分少しも騒がないだろう。そのままそれとなく退場して、最高の死の瞬間を迎えた人を、病院の付き添いの手に渡すだろう。私の最も尊敬する一人の法医学者は、或る日、妻や娘に囲まれながらベートーベンの「田園」を聴きつつ息を引き取ったのである。

輝かしい思い出を残すことに手を貸す仕事

或る年私はローマで、「城外の聖パウロの大聖堂《バジリカ》」と呼ばれる教会に行った。特にダヴィンチやミケランジェロの作品があるというわけでもないので、通俗的な言い方をすると、あまり人気のない地味な教会である。

しかしその日は駐車場に、信じられないくらいの数の観光バスが停まっていた。大聖堂の中は薄暗いが、人でいっぱいだった。しかもその「人」が普通と少し違っていた。ベンチに寝かされた人、毛布で包まれている子供、たくさんの車椅子。その間に修道服の修道女たちと、二、三十人の民間人。それらの「異様な人々」

が大聖堂の中で、一斉に祈りを唱えていたのである。

私は同行者より早めに外に出た。すると私の仲間の一人が「もうびっくりしました」と言いながら出て来た。その人は薄暗い大聖堂の中で、車椅子の一つの座席の部分に、布でくるんだ人形が置いてあるのを見た。それにしては精巧な人形だと思って覗き込んでいると、その人形が口を開いて、祈りらしいものを唱えた。彼は、それが生きている子供だと知って腰を抜かさんばかりに驚いたのである。つまりその子供は、少なくとも両足がない、もしかすると両手もないので、おくるみにくるんでも、車椅子の座席に斜めに置くことができたのだ。

私はこのつきそいの人たちはどういう人たちか、尋ねたい思いに捉えられた。外で待っていて、シスターたちに声をかけたが、イタリア語しか通じない。それでも少し粘っていると、やっと英語を喋る人にめぐり会った。

この修道会は（あまりびっくりして、私は修道会の名前も所在地も聞き忘れたのだが）、病人を希望する聖地に運んで、そこで祈りたいという望みをかなえる仕事だけをしているのだという。彼女たち自身が看護師らしかったし、医師も数人。ほかにただ力仕事をするだけのボランティアもいる、という。

何しろ言葉の障壁があるので、それ以上は聞けなかったのだが、私はこういう宗教的なグループ、つまり修道会があることに、イタリアの底力を感じた。日本だったら、世間を怖れ、世評を気にして、まず誰もこういう危険を孕んだ企画を思いつかない。もし途中で患者が死んだら誰が賠償し、訴訟にでもなったら誰がその費用を払うのですかという言葉しか思いつかないのである。

しかしイタリアでは、その人を喜ばせ、その人の生涯に輝かしい思い出を残すことに手を貸すことが、何よりの光栄であり、仕事の手応えだと感じる人たちがいる。

「まだ生きてますか？」「はい、生きてます！」

死んでもいいから行きたい、と言って参加してくれた女性は、しかし少しも周囲に心配を抱かせなかった。日毎に彼女は持ち前の闊達な魅力で周囲と溶け込み、若い女性たちのグループの中心人物になるようになった。そしてその頃から、私は毎朝密かに特別の挨拶を彼女と交わすようになった。

「おはようございます。まだ生きてますか？」

「はい、生きてます！」

別の日はまたもっと危険な挨拶だった。

「おはようございます。まだ死なない？」

「まだ死にません！」

もちろんこういう非常識な言葉づかいは、ユーモアを受け止める相手の賢さを信じ、そこに神の祝福を見つけられる確信を密かに持ち合える間柄でなければ交わし得ないものだ。

旅行の終わりまで、彼女は車椅子の人ではあったが、健康人であった。そして旅行後の検診で、私は彼女からすべての数値において快方に向かったという報告を受けた。こういう現実はどういうふうに解釈したらいいのだろう。

「生きて砂漠に来て、星を見られるとは思いませんでした」

別の年に、私たちは四十歳の筋萎縮性側索硬化症《きんいしゅくせいそくさくこうかしょう》（ＡＬＳ）だという車椅子の男性を巡礼の旅に迎えることになった。たった一人での参加で、大学生の時に発病して以来、最近では視力もほとんどなくなりかけていた。

物静かな人がらだったが、たった一つの心配は、トイレが頻繁なことだった。幸いなことに当時日本財団は、若い職員を欧米以外の国への研修として、巡礼の旅にも出してくれていたので、男手には困らなかった。

（中略）

族長神父は、夕食を食べ終わるとさっさとヤッケを着たまま眠ってしまったが、そのヤッケの色がたちまち分からなくなるほどに砂は積もった。そして財団の若者たちは、その夜、ＡＬＳの男性に気兼ねなくトイレに通ってもらうために、焚火の傍で交替で不寝番《ふしんばん》をする手筈《てはず》を決めた。

ご愛読ありがとうございます。

読者カード

●ご購入作品名

[　　　　　　　　　　　　　　　　　　　　]

●この本をどこでお知りになりましたか？

1. 書店（書店名　　　　　　　　　　　　）　2. 新聞広告
3. ネット広告　4. その他（　　　　　　　　　　）

年齢　　歳　　　　性別　男・女

ご職業　1.学生（大・高・中・小・その他）　2.会社員　3.公務員
4.教員　5.会社経営　6.自営業　7.主婦　8.その他（　　）

●ご意見、ご感想などありましたら、是非お聞かせください。

●ご感想を広告等、書籍のPRに使わせていただいてもよろしいですか？

（実名で可・匿名で可・不可）

●このハガキに記載していただいたあなたの個人情報（住所・氏名・電話番号・メールアドレスなど）宛に、今後ポプラ社がご案内やアンケートのお願いをお送りさせていただいてよろしいでしょうか。なお、ご記入がない場合は「いいえ」と判断させていただきます。

（はい・いいえ）

本ハガキで取得させていただきますお客様の個人情報は、以下のガイドラインに基づいて、厳重に取り扱います。

1. お客様より収集させていただいた個人情報は、よりよい出版物、製品、サービスをつくるために編集の参考にさせていただきます。
2. お客様より収集させていただいた個人情報は、厳重に管理いたします。
3. お客様より収集させていただいた個人情報は、お客様の承諾を得た範囲を超えて使用いたしません。
4. お客様より収集させていただいた個人情報は、お客様の許可なく当社、当社関連会社以外の第三者に開示することはありません。
5. お客様から収集させていただいた情報を統計化した情報（購読者の平均年齢など）を第三者に開示することがあります。
6. はがきは、集計後速やかに断裁し、6か月を超えて保有することはありません。

●ご協力ありがとうございました。

郵便はがき

おそれいりますが切手をおはりください。

102-8519

〈受取人〉

東京都千代田区麹町4-2-6 9F

株式会社 ポプラ社

一般書編集部 行

お名前 (フリガナ)

ご住所 〒 TEL

e-mail

ご記入日 年 月 日

砂漠では車椅子は車輪が砂に埋もれてなかなか動かない。砂漠は、こうした近代的な福祉器具を全く受け付けないという過酷な土地なのである。しかし財団の若者たちは、生涯に初めて不寝番というものをし、これほど楽しく生きがいを感じたことはなかった、と言った。

彼らはテントの持ち主の遊牧民のおじさんにコーヒーをご馳走になり、自分たちは適当に「悪魔の飲み物」であるウィスキーも飲んで、まさに一刻千金《いっこくせんきん》の砂漠の夜を満喫したのである。

砂嵐はまもなく収まり、翌朝族長神父は伸び伸びと背伸びをしながら言った。

「やっぱり日本人は布団がいいのよ。ホテルのベッドより皆ずっとよく寝ていたよ」

人気のない時を見計らうように、私はＡＬＳの男性に呼びとめられた。

「曽野さん、僕は昨夜、星を見ました。生きて砂漠に来て、星を見られるとは思いませんでした」

成功と幸福を導くシンプルな原理

要は人間は、自分の得意で好きなことをするのが成功と幸福に繋がる。これは単純な原理だ。

まず自分の得意なものを発見すること。

次にそれを一生かかってし続けること。

この二つの行程に必要なのは、持続力といささかの勇気だけである。いささかの、と付け加えたのは、別に敵の陣営に忍び込むほどの、命をかけた勇気でなくて済むからだ。ただ人に少し嫌味を言われたり侮辱を受けたり、金銭的な不遇時代を耐え忍ぶだけだ。しかしそれも好きなことをしているのだからそんなに辛いわけがない。

強い制約がある中で人生の夢を果たす

二〇〇二年三月十二日に、女性だけ三人の英国人チームが、ガイドなしで徒歩で北極圏に到達するために、カナダのワード・ハント島を出発した。ここは、カナダでもっとも北のイヌイットの土地だという。

彼女たちは、体重の倍の重さの橇《そり》を引いて、六十日かかる旅に出たのである。隊員の一人、アン・ダニエルスは「すばらしい自分への挑戦です。それと子供たちが、誇りに思えるようなことをしたいんです」と語った。彼女は三十七歳。元銀行の管理職だった。そして三つ子の娘たちを持つシングル・マザーである。

五十歳のポム・オリバーはビルの改修事業で働いており、三十五歳のカロライン・ハミルトンは、映画産業で働いている。

いずれも十代や二十代ではない。人生をよく知った年頃で、彼女たちは敢えてこうしたチャレンジを選んだのである。つまり出世や、お洒落や、恋愛や、普通の旅行より、もっと生きる実感を得ることのできる世界があることを確認しに行ったのである。

三つ子の娘たちは一体何歳なのだろう。もし彼女たちが学齢に達していたら、「ママ、そんなところへ行かないで」と言いそうだ。日本人の母なら、当然のように冒険はしないのである。たった一人の親に万が一のことがあれば、娘たちは不幸な育ち方をしなければならないからだ。

もし三つ子の娘たちがもっと幼ければ、誰が一体彼女たちの面倒を見ることに責任を負うのだろう。母が銀行で働いているなら、託された人は子供が熱を出せば「早く帰ってきてください」と伝えることもできる。しかし北極圏を目指している旅では、たとえ病気や遭難を知らされても、すぐ連れ戻すことはできない。そこには親と子の双方で、予想される危険を冒しても、なお人生の夢を果たしたいという選択が明瞭である。

忍耐は「打出の小槌」になる

世の中で、それさえ持っていれば好きなものが手に入るというのが「打出の小槌」だというのだが、その魔法の小槌を私たちは買うことができない。

何かそれに代わる確実なものはないか、と探した場合、誰にでも手に入るものがある。それが忍耐なのである。

考えてみれば、忍耐というのは、まことに奥の深い言葉だ。人間はすぐに希望するものが手に入らないことが多い。機運が来ないことも、自分自身が病気に見舞われることもある。自分自身は健康でも、家族が倒れてその面倒を見なければならない時もある。

しかし忍耐さえ続けば、人は必ずそれなりの成功を収める。金は幸せのすべてではないが、財産もまた大きな投機や投資でできるものではないということを、私は長い間人生を眺めさせてもらって知った。その代わり、成功のたった一つの鍵は、忍耐なのである。

「人並み」を願うと幸福から遠のく

人は結婚することによって得るものもあるが、失うものもあるのだ。結婚しないとわからない人生もあるだろうが、一人でいることによって得る広々とした生涯もあるはずである。手にしていない人生を「人並みな形を基準に羨むことはない」と私は思っている。

話のおもしろみは苦労が隠し味になる

困難の中に楽しさもおもしろさもあるという単純なことさえ、平凡な暮らしを望み続ければ理解することができない。用心深いというより、小心な人の生涯は、穏やかだという特徴はあるが、それ以上に語る世界を持たないことになる。だから多分、そういう人は、他人と会話をしていてもつまらないだろう。語るべき失敗も、人並み以上のおもしろい体験もないからである。話のおもしろい人というのは、誰もがその分だけ、経済的、時間的に、苦労や危険負担をしている。人生というのは、正直なものだ。

他人の評価で生きる人は常に不満である

日本人は他の多くの国に比べて、青年たちが自分の職業を自由に選択できる方途を持ちながら、多くの当事者たちはそのことに納得もしていなければ満足もしていない、という奇妙な国である。

どうしてそのようなことになるのだろう。

一つには、私は日本人は、自分の人生に夢を描きすぎるのだと思う。「青年よ、大志を抱け」というのは悪くないが、大風呂敷を拡げすぎれば満たされない不満ばかりが残る。どんな学者も、芸術家も、実業家も、一生にできる仕事の量は限られている。小さく守って、そこを充実させることの方が私は好きである。

二番目には、日本人は、宗教を持たないからだろう、と思われる。パン職人は、一生おいしいパンを焼き続けて、人びとに、実に多くのしあわせを与える。そのことを感謝し評価する人があろうがなかろうが、神の存在を信じていられれば、その人は、胸を張って死ぬことができる。しかし神の存在のない人にとって、パン職人より、大臣になる方が、はるかに体裁よく、虚栄心を満足させられる、ということになるのである。

つまり、日本人の人生や職業に対する評価は、自分が満たされるかどうかより、他人がそれをどう思うかで決められる場合が多いから、一向に自足しないのである。

自分に対して最高の料理人は自分

人と比べることをやめると、ずいぶん自由になる。限りなく自然に伸び伸びと自分を育てることができるようになる。つまり自分の得手とするものが見つかるのである。

　自分が楽しいことも楽に見つけられるようになる。日曜日に料理をすることが、男としてみっともない、などと思わなくなる。みっともない、と思う感情は観客がいることをみみっちく意識している証拠である。自分で味をつけたものが、実は自分の舌に一番合うことは当然のことで、自分こそ、自分に対して最高の料理人なのである。

最初にあの人は役立たずだ、気がきかない、ということにしておく

　最初からわざと、あの人は役立たずだ、気がきかない、態度が悪い、神経が荒い、親切でない、ということにしておくと、当人はそれほど気張らなくても済むのである。ここが面白いところだ。

　ことにいいことは、そういういささか悪評のある人がちょっとでもいいことを

すると、それは意外な効果を生むということである。

もともと気がきくと思われている人なら、して当たり前のようなことを、気のきかないとされている人がすれば、「あの人も意外と考えているのね」と褒められ、普段から親切だと思われている人なら当然とされていることでも、不親切だという評判を取っている男がちょっと気配りを見せると「あの男も、時には味なことをやるもんだね」と大受けである。

職業で自分を語らない

役者でなければ、大学教授でなければ、自分ではない、と思っているような人は、その職を失ったが最後、その人の人格と尊厳まで崩壊することになる。しかし若い時から、そのからくりに気づいていさえすれば、どんな新しい職業についても（それによって社会に役立ち、家族を支えている限り）胸を張ることができる。

「……である前に、まず人間である」などという言葉は、中年になると、いささか恥ずかしくて、口にできにくくなるが、これを忘れると足許が揺らいで来る。今年一年間に、たとえどんな変化があってもその人はその人である。

睡眠時間が短くなるのは、老年への贈り物

私の知人は或る時、私にこう言った。

「年取って少しずつ睡眠時間が短くなった時、私は、ああ、ありがたいことだ、って思うようになりましたよ。昔は睡眠時間が短くなると苛々したもんですよ。しかし、考えてみれば、死ねばいくらでも眠れるんですからね。毎日、あくせく眠ろうとすることはないんですよ。そう思ったら、少しの不眠の気味があっても、気楽になりましてね。それより、今この一刻を起きていて、何かに使うことができるなんて、なんて贅沢なんだろうと思えるようになったんですよ。お祈りは時々うまくいきませんが、死ぬまでにすることは、たくさんありますからね。う

かうかしてる暇はないんですよ。寝なくても済むということは、ほんとうにすばらしい老年への贈り物なんですよ」

第3章

囚われとサヨナラする

人生は何が起きても不思議ではない場所

年をとって人間ができるようになることは、見栄を張らないようになることである。

人は誰にでも、危機というものがある。お金がなくて困った。もう離婚しようかと思った。子供と心中を考えた。さまざまな危機的状況が人間の生涯には必ず訪れる。若い時には、それを隠したくなるものだ。自分だけが、そのような屈辱的な、悲惨な状況を過ごしているのだから、人にはとうてい恥ずかしくて言えない、と思うのである。しかし次第に「人生には何でもありだ」ということがわかって来る。

隠す、とか、見栄を張る、という感情はまず第一に未熟なものだ。或る年になれば、隠しても必ず真実は表れるものだ、という現実を知るのが普通である。もし人が本当に自分の真実を隠したいのだったら、人のいない森に一人で引きこもる以外にない。通常の生活をしていれば、その人がどんな暮らしをしているか、何を考えているかは大体のところ筒抜けになる。だから隠しても仕方がないのだ。

第二に、見栄を張る人は、人生というところは、何があっても不思議はない場所だ、という事実を自覚していない。用心すれば、自動車事故は起こさなくて済む、というのも一面の事実だが、どんなに用心していても、相手の自動車がこちらに向かって飛び込んで来たり、自分の車がスリップしたりすることを止めようがない場合もある。だから私たちは年をとるに従って心のどこかで覚悟をしているのだ。何ごとも自分の身の上に起こり得る、ということを承認しよう、と。だから自分は常にいい状態にいる、とか、自分はいい人だ、とかいうことを改めて言わなくてもいい、という気分になるのである。

同じ光景でも人はみな少しずつ違ったものを見ている

考えてみると人間というものはおもしろいものだ。一人としてこの地球上で、同じ地点に立ち、同一の空間を所有することができない。戦争や内戦の砲撃や空爆の時、子供を胸の下に抱いて伏せた母は、当然自分の身で危険を防ごうとしたのである。しかし全くの偶然から子供が犠牲になり、母親が生き残ってしまった、というような例はよくあるのだ。

二人が同一の平面と空間を占めることができれば、親子は生きるか死ぬか、同じ運命を辿れるはずだ。しかし一人として同じ地点に立てないから、生死も分けることになる。

つまりすべての人が、わずかずつではあっても、人生の違った光景を見ている。だから自分以外の人が何を見て何を感じているかを、理解できない場合があっても当然だ。

他人の心をわかったと思ったりしてはいけない、と私は長い間自分を誡めて暮らして来た。今も同じである。相手のためを思ってしたことでも、時には理解が足りず、的はずれになっていることもあるだろう、と覚悟していれば、相手がこちらの善意をわかってくれない場合でも、大して怒ることなく済みそうである。

幸福である間はだめ

ごく普通の人間は、パウロの言うように、苦しみの中からしか、ほんとうの自分を発見しない。はっきり言えば、幸福である間はだめなのである。幸福である限り、人間は思い上がり、自信を持ち続け、そのような幸福や自信がいつくずれるか、と思ってはらはらしている。いや、はらはらする人はまだいい。たいていの人が、自分は「幸福にふさわしい人間」だとさえ思っているのである。この幸福は努力によって手に入れたもので、自分の心がけが悪くない限り、まず運が狂うことはない、と思う。

その点、パウロは甘くない。パウロのものの言い方は経験によっている。世の中は、決して正当に報いられたりしてはいないこと、火傷をしなければ普通人間は分からないものなのだから、私たちは火傷の後に、人生のほんとうの意味を理解して、強い人間になる、ということなのである。

自分の不幸を特別視しない

戦争中、空襲があって防空壕の中にじっと身をひそめていると爆弾がこわくてこわくてたまらなかった。外へでて消火作業をしていると、不思議におそろしくない。

多分、不幸はむかえうたなければいけないものなのだろうと思う。酒をのんだり、忘れようとしたり、手をかえ品をかえてそれを避けようとすると、却って身がすくむ。何よりも、自分の不幸を特別なものだと思わないようにすることが肝心なのではないかと、私はいつも自分に言いきかせることにしている。

少しずついろいろなものとサヨナラするのが老年の生き方

料理をすることはできたら続けた方がいいけれど、花の水など、嫌になったら替えなくていい、と私は自分に言い聞かせた。段階的にまず水の重みを減らすために、花瓶を小さくすることだ。それから花そのものを活けるのを止める。鉢植えも止める。水の要らない小さなサボテンでもよければ、それでしばらくやってみて、それさえも世話が難しくなったら止める。

別に大変なことではない。ただそういう日が必ず来るのだ、と早めに自分に言い聞かせておくことが必要だ。

しかしこれはいささか強がりであって、花の水を替えられなくなる日のことを思うと、私はずいぶん悲しいだろうと思う瞬間もあるのだ。今までのところは、萎れた花を平気でおいておくことに、私は耐えられない。洗濯をしないとか、要らないものを片付けないことと同様、枯れた花を放置することは人間の根本の姿勢が狂って来たような気がするのである。しかしどんなに花や木の世話が好きでも、いつまでもその幸せが続くと思うのは、虫がよすぎる。子供だって成長して親の手許を離れて行くのである。

人間が高齢になって死ぬのは、多分あらゆる関係を絶つということなのである。

もちろん一度に絶つのではない。分を知って、少しずつ無理がない程度に、狭め、軽くして行く。身辺整理もその一つだろう。使ってもらえるものは一刻も早く人に上げ、自分が生きるのに基本的なものだけを残す。

人とは別れて行き、植物ともサヨナラをする。それが老年の生き方だ。そうは言っても、まだ窓から木々の緑は眺められ、テレビで花も眺められる。

人とも物とも無理なく別れられるかどうかが知恵の証であろう。

どん底の気分をテレビ番組で切り抜ける

私の心の中では、夫が亡くなっても生きる指針はわかっていたが、私たちの毎日の時間つぶしはお喋りだったので、その相手がいなくなったことはこたえた。

夫が亡くなって三カ月ほど経った或る晩、私は本を読む気力を失った。そういう静かな夜、私たち夫婦は会話をして時間をつぶしていたものなのである。相手のいない夜、友だちに長電話をするという人もいる。私はそれだけは自分に禁じていた。自分の虚しさを埋めるために、お酒を飲んだり、麻雀をしたりするのと、長電話は同じようなものであった。

このどん底の気分も、私は現実的な方法で切り抜けた。テレビで、少し硬派の番組を見ることにしたのである。訳はついていたが、多くは、外国語の番組だった。そして自分の知らない世界が、あまりに多いことを覚えると、私は単純に感傷的になっていられない乾いた気分になれたのである。

寂しさも友にする

ありがたいことに、まだどこにでも一人でかばんを引きずって出かけられる。一人で生きられるということは、沈黙のぜいたくだ。もちろん一人では寂しい瞬間もあるだろうが、寂しさを友とすることも人は学ばなければならない。

人は誰でも偏った好みに執着している

一時「ほとんどビョーキ」という言葉が流行ったことがあった。

人は誰でも偏った好みを持つものである。お茶の温度から、鼻毛を抜く動作まで、実は確たる理由なく、そのことに執着するのである。

「なぜそんなに勉強するのか」「なぜそんなに勉強が嫌いなのか」。理由らしきものがあっても世間は納得してくれない。その時人がそれをし続けるのは、「ほとんど病気」という説明以外にないほどの、他愛ない執着の結果なのである。

高齢になると、病気の種類も増え、症状も複雑になる。そしてその人個人の性格はますます固定化し、硬化する。

「世間」という妖怪

私の周囲では、この頃、「世間」という言葉が妖怪のように飛び交う。

「今度、うちの娘をお宅のご近所のA幼稚園に入れましたので……」

それで娘を送ってくるので、時々私に、道やパン屋で会うようになった、という訳だ。

「そうですか。でもお宅の近くなら、B幼稚園も昔からあるでしょう?」

「ええ、でもまあ、最近はAが評判がいいものですから」

「へえ、どんな特徴があるんです?」

と知りたがり屋の私は、つい余計なことまで聞く。うちには幼稚園に行くような孫も曾孫もいないのに、である。

「えー、どうと言われると困るんですけど、通わせていらっしゃるママたちにも好評なもんですから……」

つまり「世間で評判がいい」ということなのだ。しかし「世間」という存在は、私にとっては妖怪なのである。妖怪の手下になると、精神的に血を吸われて自分がなくなる。

考えずに「世間」に従う危うさ

選ぶ理由は「あの幼稚園はほとんど何も教えてくれないで、砂場にほうりっぱなしみたいに見えるから」でもいい。

子どもの時、することもなく、むなしく青空を眺めている記憶を持つことは、子どもにとって大切なことだ。まだたくさん書く頁を残した、まっさらなノートをもらったようなものだから。

しかし「世間」は危険だ。

個々の存在にどんな必然や理由があるのか、自分で考えればいい。考えないで「世間」に従うと、つまり妖怪の手下になる。

正義とは胡乱なもの

私は実に遅まきながら三十代から新約聖書の勉強を始めたのだが、途中でいつか目が覚めるほどの発見をした。その一つが「正義などというものは、実は胡《う》乱《ろん》なものである」ということだった。

現代は正義がもてはやされる時代だ。誰もが自分は正義の人だということを、自らも信じ、他人にも知らせたくてたまらない。しかし現代の人の言う正義などという観念は、実に薄汚いものだ、と外国では言っている学者がいる。

聖書における正義の観念とは何か。それは少数民族が平等に遇せられることでもない。裁判で冤罪《えんざい》が放置されるのを防ぐということでもない。正義は、人知れず、人間が神の「道具」として、神の意志のために働ける関係を言うのである。その神と人間との「折り目正しい関係」だけが正義である。したがって正義は人間社会の中で、他者の眼を意識した水平感覚で見えてくるものではない。それは神と人との間だけに存在する、垂直的な関係なのである。

だから、世間があの人のすることはすばらしいと言っても、実は神の眼からは、全くの売名行為ということもある。つまりその人の正義が現世での自己主張や名誉を目指している時である。反対に、あの人のしたことは、社会の悪だと糾弾されても、実は神の前にはそれこそが忠義の証であることもある。

「人を信じる」は美徳か？

日本人は信じるという言葉を、無考えに美徳として使っていると私はかねがね思っている。信じるということは、疑うという操作を経た後の結果であるべきだ。疑いもせずに信じるということは、厳密に言うと行為として成り立たないし、手順を省いたという点で非難されるべきである。

私の経験からすると、多くの場合、疑った相手はいい人なのである。すると疑った人間（私）は恥じることになる。しかし疑わずに騙されて、相手を深く恨んだりなじったりするよりは、疑ったことを一人で恥じる方が始末が簡単なのである。しかも疑った相手がよい人であったとわかった時の幸福はまた、倍の強さで感じられる。

誤解される苦しみが人を大人にする

悲しいことだが、それらのことを思うと、人間は誰でもいつでも、正確に理解されることはなくて当たり前、と思うべきだろう。そこで苦労も闘いの必要性も出て来る。もっとも或る年まで生きると、この世で生活するということは、人間が温かく理解されることと共に、無視され、誤解され、反対される苦しみに耐えることも含まれるということが自然わかってくる。そしてもしこのような苦しみがなかったら、私たちは誰でも、今の自分より幼稚になり、早く老いるだろうということは間違いないようにも思われる。

自分が理解されていないという悲しみに出合うと、私たちは自分一人だけがそういう目に遭っていると思いがちである。しかし、古今、洋の東西を問わず、多くの人が全く同じような苦しみをなめてきたのであった。

自分以外の人は幸せという幻想

私の友人が、独り者の心理を教えてくれた。その人は、正月は決して日本にいない。日本にいると、皆が家族で固まって仲良くやっていて、独り者を寄せつけないように見えるのがハラ立たしいから、必ず外国に出てしまう、というのだ。

その時私は言ってやった。

「そんなに仲良くしてはいませんよ。年越しの夫婦喧嘩もあるだろうし、息子夫婦にナイガシロにされて怒っている老夫婦もあるでしょうよ。妻が認知症になって元旦から粗相した下着を洗っている夫もいるかもしれない。皆が幸せで固まっているなんて思うのは錯覚」

人間はしかし誰でも、何かを思い込む。

元旦やゴールデンウィークに、寂しい一人住まいの友人・知人と生活を共にするのはいいことだ。お互いに自然な安心感があるし、いっしょに暮らしてみれば、正月は家族がいれば寂しくないなどということもない、ということを知ることにもなるだろう。そして改めて自分の「ねぐら」が安住の地だということがわかり、自立して行こうというふんぎりもつくのである。

その人が元気で運命が盛大である時には近づかないでいい、と私は思っている。しかし病気になったり、運命が傾いたり、一人になってしまった時には、「介入」もいいことがある。その人を癒す最大のものは、時間と、その人の勇気なのだが、それに他人がちょっと手を貸すのも悪くないのである。

泥だらけの宝石のような心情

私の意識の中で、アラブ人という存在は現実的で、いつも「バクシーシ（お心付け）」を期待する人種であった。

或る年、私は何台かの車椅子の障害者の人たちを含むグループでエルサレムに行くことになった。

エルサレムでは当然「十字架の道行」と称して、イエスが最後に十字架を担いで登ったカルワリオの丘まで旧市街の細い道を祈りながら辿ることになる。私はいつも祈ることより、同行の車椅子が動いているか、巡礼の人たちが掏摸《すり》に遭わないか、というような俗事にばかり気を取られていたが、そんなに気を遣っていても、カルワリオの丘の上にあるだだっ広い「聖墳墓教会」の中で、私自身がその一人であった一台の車椅子の他の担ぎ手と、離れ離れになってしまった。

車椅子は男性が一人いれば三人で階段や坂道も動かせるが、女性ばかりだと担ぎ手として五人を用意しなければならないこともある。教会の帰路は上りの階段を何十段も上がったところの広い道で、バスが待っているのだが、そこまで辿り着くのに、女性二人だけではどうしても車輪を持ち上げる力が足りない。

私は仕方なく教会を出たところで、例の「一ドル少年」の一人を見つけて、手真似半分で車椅子の片側を引いてくれないかと頼んだ。

少年は私の説明も聞かず、いきなり車椅子の片側を持って引き始めた。体を前に倒し、全力を挙げている。その姿は、初めから彼がその仕事を引き受けた人員のような姿だった。

バスのいる広場までの間に、数十段の階段があった。私は偶然傍を並んで歩いている同じグループの女性に頼んだ。

「すみません、三ドルほど拝借できませんか。この子を帰す時にあげたいのですが、今、私の手が空きませんので」

「よろしいですよ。今出しておきます」

実は私には、バスの広場のすぐ近くの地点にどこで辿り着くのか全く分からなかった。しかし少年は、或る所まで来ると、突然車椅子の片側を担ぐ手を離し、飛鳥のように元来た道を走って帰ろうとした。それを止めるのに、私は慌てた。せっかくお駄賃を用意したのに、渡せないのは困る。私が叫んだので少年は立ち止まり、私の手から紙幣を受け取ると、それこそ改めて飛ぶように姿を消した。

私は誤解していたのであった。何をするにも計算高く「バクシーシ」なしには何もしないだろうと思われたアラブの少年は、障害者には無償で仕えて当然、と知っていたのである。それがアラブの掟であった。私は車椅子の人と共に旅をしたからこそ、この泥だらけの宝石のような心情を見せてもらえたのである。

ベイルートの街を歩く時にはゴキブリかネズミになれ

アラブを旅する時、私はそこで同時に知恵も教えられた。人間の知恵というより、ネズミの本能に近い危険の処し方を習った。たとえば、レバノンのベイルートという街は、何度も内戦に見舞われているが、そこで取材している時に私が土地に詳しい人に注意されたのは、街を歩く時には理屈を考えず、ゴキブリかネズミになれ、ということだった。

「繁華街を歩いていて、なんとなく周囲に人が減ったな、と思ったら、理由など考えずに、雨宿りするみたいに近くの建物の中に入ってください。そして数分か数十分じっとしていると、またザワザワと通りを人が歩くようになる。そうしたら、その流れに乗ってホテルにお戻りください。人混みが絶えた理由を探そうとしてうろうろしたりすると、流れ弾に当たるんです」

多分これが事実なのである。私一人では何もほんとうの理由を突き止められはしない。しかし集団としての人間は、まさにゴキブリかネズミ並みに、危険を本能的に察知することが可能な時もあるのである。

骨董店の振る舞いから「戦乱近し」を嗅ぎ取る

アラブ諸国で、私がやや意図的に、状況を知ろうとして立ち寄ったのは、主に骨董店と書店であった。どちらも、長い時間店にとどまっていてもさして不自然ではない。私はそのどちらででも、もしかすると買いそうな顔をしていたのである。骨董店も書店も、時にはコーヒーまで出して相手をしてくれる。

ことに骨董店ほど、土地の人々が将来の状況に関してどういう予測をしているかを示す職業はなかった。骨董というものは、戦乱が起こると、一番大きく被害を被る商売である。商品はすぐに壊されて価値を失い、しかもたやすく持って逃げることもできないものばかりだ。

アメリカが、「サダム・フセインのイラク」に侵攻する数カ月前に、私はシリアの北部にいるクルド人に会いに行った。まだ私が日本財団に勤めていた頃である。その時も私は仕事半分、興味半分で骨董店を冷やかし、店の主人は一メートル半か二メートル分の陳列棚に並べられているガラクタの陶器や雑器を指して、「ここからここまで、二百ドルで買ってくれ」というような言い方をした。それで私は、彼は戦乱近しと予測していることを感じたが、もちろん気付かないふりをしていた。

こういう場合、相手が一ドルや十ドル紙幣を、高額の百ドル紙幣に換えてくれ、と言う時は、もっと状況が切羽詰まったと感じている場合である。高額紙幣にしておけば、逃げる時かさばらなくて済むからだ。

梅干し一粒とか、塩せんべい数枚とか、カップ麺一個とかで吐き気がすぐに治まる

アフリカなどへ行って風邪をひき、そのうえ土地全体が高地だったりすると、私はよく食欲を失った。そしてろくろく固形物を食べられず、ジュースや果物の缶詰などだけお腹に入れて一日暮らしていると、夕方になって症状はますます重《じゅう》篤《とく》になり、吐き気を伴うことがあった。私は朝からラバに乗って移動していたのである。ラバは馬より小さいが、ロバより一回り大きい。馬方がついていて、そのラバを引いて標高差二百メートルくらいの大地を上り下りしていた。私は安楽にラバの背中に乗っていて、汗もかかないようだが、それでも充分に風に吹かれて、恐らく一日中汗とも感じない発汗をしている。そのくせ、あまり、水分を失ったとは感じていない。

その頃にふと気がついて、私は何か塩分を含むものを食べる。梅干し一粒とか、塩せんべい数枚とか、カップ麺一個とかである。すると数分で吐き気が治まる。

私は自分の吐き気の原因を毎回忘れているのだ。

原因は塩分の不足にあるのだ。しかし日本ではこういう症状を誰も思いつかない。日本では塩分の不足が不調の原因になるなどとは誰も考えない。塩は「体に悪い」としか思っていないからだ。

一組の夫婦ができるまでには「風雪」がいる

男でも女でも、相手の心を知ることは容易なことではない。

今から二十五年ほど前、戦争に日本が負けたとき、それをきっかけに多くの夫婦が離婚した。それまで、Aさんの「パパとママ」は家紋入りの金縁のお皿とナイフ、フォークで、給仕頭とでもいうべき家政婦のお給仕でご飯を食べていた。しかし、家政婦もいなくなり、銀のナイフも空襲で焼けてしまうと、Aさんのママはヒステリーになり、パパは無能でじじむさく、畑で葉っぱ一枚作れない男であることがわかった。Bさんの「お父さま」は海軍の少将だった。りりしい軍人であった。それが軍服を脱いでヤミ屋になると、チンピラに脅かされてもへいこらするような男になった。Cさんの「お母ちゃま」は男爵の娘だったが、まだ少女のように夢が多い人で、外国の白粉《おしろい》一個くれた米軍の将校が好きになってしまった。

この人たちは、誰もとび抜けて、気が弱い訳でもなく、不誠実な訳でもなく、ただ、そのもっとも弱い部分をお互いに知り合うことなく結婚したのである。もし日本が負けていなければ、彼らは決して一生こんな目にあわずに、何とかやって行く人たちだったのである。

私は見合結婚に必ずしも反対ではないが、これを思うと、ホテルや芝居の席で紹介され、その後は、音楽会、映画というようなコースをとって交際をする若い人たちのつき合い方には、なんとなく不安を感じる。たいしたものでなくてもいいから、一組の夫婦ができるまでには「風雪《ふうせつ》」がいる。結婚を決意するためには、何かに護られているのではない、苛酷な環境が必要である。

英霊たちの前での夫婦ゲンカ

朱門と、帰国したばかりの太一（孫）とで、靖国神社参拝。ところがこの日が思いがけぬことでいい記念日になった。朱門が近くのホテルの地下駐車場に車を入れようとして、コンクリートの柱に胴体をすって車を壊した。ここのところ、私は朱門の運転に度々危険感を覚えていたので「これを機に運転を止めてくださ い」と強硬に言って、ちょっと口論になった。

しかし結局は朱門が折れて、帰りも秘書の省子さんに運転してもらって帰ることにした。私はとっくに免許証を更新していない。止めた時、ほんとうにほっとしたものだ。これで私は運転ミスで、人を殺めるようなことだけはしないで済んだのだと思うと、私の生涯は成功だったように思えたくらいだ。八十六歳の朱門も同じように思えばいいのだ。何と言っても運転機能の中の反射能力は衰えて来ているはずだし。運転を止めて以来、私は地下鉄をうまく乗りこなすことができるようになった。時々持病が出る日はだめだが、後は却って足を鍛えるのにはいい効果を生んでいる。

何より英霊も間近で生々しい夫婦ゲンカを見られて、退屈まぎらしにお喜びになられただろう、と思う。こういう愚かしい光景こそ、今の日本の繁栄と平和の証なのだ。

やめることはいつだってできる

「もう、小説なんて書くのやめようかしら」

と言うたびに、三浦は、

「どっちでも」

と言うのだった。

「本当に辛かったら、おやめよ。だけど、やめて本当にしあわせか？」

そう言われるたびに、私はぐらついた。そしてやめることはいつだってできる。

私がやめるべきときには、神が私にやめよ、というはっきりした命令を与えて下さるに違いないとあえて神ガカリになった。

質問した人自身が本当の答えを出す

私たち夫婦は、今、ある新聞で身の上相談の回答者をしている。自分たちに信念があるから引き受けているのではない。身の上相談などというものに、本来、答えはないのだ。かりに、ある夫婦ゲンカに対する問いに私たちが、「別れなさい」と答えたとする。質問の手紙を新聞社に送ってきた人は、実はもうその手紙を書き終わったときに、自分の心の中に答えを持っているのだ。しかし私が、「別れなさい」と答えることによって、彼らは私たちがしょせんは何もわかっていない他人であることをさとる。

「こんな無責任な人に何がわかるもんか、私たちはやっぱり別れられない」

と質問者は思う。

「別れなさい」と「別れてはいけません」も答えは実は同じなのだ。本当の答えを出す人は質問した人自身なのである。

「ステキな夫婦」が危ない理由

私のみるところでは、ステキな夫婦はどこか危機感をはらんでいる。滑稽な夫婦は安定がいい。滑稽というのは弱点がむき出しにされることで、その弱点を愛してしまったら、他にどんな立派なきれいな女、二枚目の男が現れようとも、夫婦はめったなことでは心をうつされないのである。

しかし美しいから、立派だから、働きがあるから愛するのだったら、年老いたり、弱みをみせたり、病気になったりすれば夫婦は相手を捨てることになる。それをうすうす感じている夫婦は、表面は仲がよさそうに見えてもどこか暗い。

家族でも立ち入った無作法は禁物

四十歳を過ぎてから、遅まきに聖書の勉強を始めて、ほんとうにびっくりしたことがある。聖書の中にはパウロという人によって書かれた「コリントの信徒への手紙」が二通含まれているが、その第一の手紙の中の十三章四節からが、「愛とは何か」という最もむずかしい概念を規定した箇所である。パウロは十二使徒ではないが、初代キリスト教会を作るのに最大の力となった人である。

そこには愛の特徴の一つとして「礼を失せず」（コリントの信徒への手紙一13章5節）ということがある、と書かれているのである。

この言葉を読んだ時、私は自分が今まで家庭というものについて考えてきた「気楽さがいい」という思い込みは、全くの間違いなのだ、ということを思い知らされたのであった。

家庭内での無作法は、相手を深く傷つける。「あなたなんか会社でだって役立たずじゃないの」とか「妻子もろくに養えなくて何言ってるのよ」などという妻からの言葉もあるし、「お前みたいなブスが一人前の顔をするな」とか「お前の一家は揃いも揃って頭が悪いからな」などと言われたという妻にも会ったことがある。

すべてこれらは「礼を失した」態度なのである。

親しき仲にも礼儀あり、というのは、友達同士の関係をいっているのだろうと昔は思っていたが、今では夫婦・親子の間で必要なことなのだ、と思うようになった。

私たちは多分一生、誰にも甘えて無作法をしてはいけないのである。そんなこと疲れるでしょう、と言う人もいるが、むしろきりっと気分を張り詰めて、配偶者にも成長した子供にも、立ち入りすぎた子供にも、立ち入りすぎた非礼をなさない、と決心する方がかえって楽なのかもしれない。

こう思ってから後でも、私はまだしばしば礼を失しているのだが、酒を呑みすぎてべろべろに酔うのも、服装に無頓着なのも、愛がないことになる、という解釈は新鮮である。

❦家庭を暗くするような大志であればさっさと捨てる

長く生きてきて私がわかったことは、ほんとうに小さなことだ。日々、家族や身近な知人が健康に穏やかに暮らせることは偉大なことなのだ。大志が家庭を暗くするようだったら、私は卑怯者だから、大志などさっさと捨ててしまう。

❦自分が行った選択は帳消しにできない

過ぎ去ったことについても、あきらめきれない人がいる。

たとえば、「やっぱり、あの人と結婚しておけばよかった。親に勧められて今の夫と結婚しなければ、もっと幸せになれたのに」などと未練を持つ。

でも、あの時、あの人の立派さがわからなかったから、結婚をしなかったのだろう。親に勧められたといっても、それに従ったというのは結局、自分が今の夫を選択したわけである。

皆それぞれに考えて、選んできた。その時、のっぴきならない事情があったとしても、その道を自分で選んだのだからしょうがない。それに何をどうしようと、この世のことは時間的に巻き戻すことはできない。

慎重さが、却って死や損失に繋がる時がある

驚いたことに、私はそれまで、ハムレット型の人間とだけしか付き合ったことがなかったのであった。私はそのことに気づいていなかったのである。私の周囲はすべて、深く長く考えることを人間の特質と思っているような人たちばかりだった。その中で、私自身はいつもいい加減に思考を切り上げて適当なところでものごとの片を付けていたのだから、自分は本当に考え深い人間の対極にいることを自覚して、引け目を覚えていたのである。

しかしこの世には、慎重な思考が、却って死や損失に繫がる場合もあるのだ、ということが、私はやっとその時わかったのである。

恨みや悪意は自分をみじめにする

私は昔から、忘れることだけはわりとうまかった。普通の意味では、これは決して才能とは言えない。しかし私は恨みを長く覚えることは、自分がみじめになることだ、ということだけは体験的に知っていたように思う。だから、ごく稀にだけれど、「あれ、この人と昔何か対立したことがあったかな」と思いながら、どうしてもその原因を思い出せない、ということがある。この場合相手は私がけろけろしているので、

「あきれたものだ。昔のことを忘れてよくあんな顔ができたもんだ」

と侮蔑しているだろうが、個人的な悪意を長く覚えていてよかった例はあまりないのである。

自分が望むことも人にしてはいけない

自分でも自分は親切だと思っているほど、始末が悪いものはない。親切な人は相手の望まないことまでしようとする。他人の生き方まで道徳的に規制する。相手が悪意でしたことなら、私たちはきっぱりと拒否することもできる。しかし、親切でされると始末が悪い。聖書には、自分の望まないことを人にするな、と書いてある。しかしほんとうはイエズスさまは、自分の望むことも人にしてはならない、とおっしゃったはずだ、などと、聖書そのものまで改竄《かいざん》しかねないことを言う。

私はこう生きる、という譲れない部分を持つ

人が言うから簡単に自分の考えを変えて、その通りにするというのは、奴隷の

思想である。自分がほんとうに納得しなければその通りにしないのが、それこそ人権というものであり、周りが何と言おうとも、私はこう生きる、という譲れない部分を持つのが、その人らしさである。勇気がなくては、自分らしく生きることなどできない。自由は制度によって得るものではなく、人間の勇気に支えられた眼力によって獲得していくものなのだ。そして、誰にも理解されなかろうと、どう思われようと、自分がいいと思うことを最終的には命を賭けてやる。それが、「人間の美」というものだと思う。もっとも私は殺されそうになったら、すぐ「前言を取り消します」と言って卑怯者になる予定でいるが（笑）、今はまだ殺されそうにないから、勇気を持とうと思っている。

人間の優劣は、決して簡単に分かるものではない

現実には視力を持つ人より、目が不自由な人の方が注意力においてすぐれていることはしばしば実証された。「この角を、さっき右へ曲がりましたよ」などと、

目が不自由な人に教えられるのである。目が不自由な人は近くにいた人の会話の片々《へんぺん》を聞いており、時には匂いなどからさえ、それがどこだかを冷静に記憶しているのである。

そしてそういう事実を知らされるだけで、私たちはただ相手の個性をこの上なく面白く評価するようになり、人間の優劣などというものは、決して簡単に分かるものではない、と思うようになるものだ。

信じる行為は疑った後に可能になる

私は、人間を見る時に、よく石榴《ざくろ》の実の中を覗くような気がするのである。幼い時私の家には一本の石榴の木があり、毎年、二つか三つの実がなった。私は、はじけて割れた石榴の実の内部を覗き込んで、あの分裂した赤い粒をみながら、それが石榴の芯なんだろう、と考えたものである。石榴の赤い粒の要素は、だいたい同じような大きさの色と形をしているが、一人の人間の持つさまざまな要素は、一つ一つが信じられないほど違った能力と形態を持っている。

前にも書いたことだが、信じるという行為は、疑った後に初めて可能である。逆説めくが、キリストが見ずして信ずるものは幸いなるかな、と言ったのは疑ってこそ初めて信じられるという人間の当然の姿勢から出発し、それを超えたものを指している。よく見て信じるという、根本的な人生に対する姿勢はまだ物心つかぬ前から、養っていいものだと、私は思うのである。

人生の明暗を学ぶことがほんとうの教養になる

人は教会からも女郎屋からも学ぶ。激しいスポーツからも怠惰な昼寝の時間からも何かを感じ取る。学校が知識のみを教える場所であり続けたら、むしろ異常なのだ。

前に言及した古代ローマの思想家、エピクテトスは皮肉にもこうも言っているのだ。

「おお、教養のあるかたがたの、なんと不正の多いことか。すると、これらのことをきみは、ここ（＝学校）で学んだわけなのか」

学校であれ、家庭であれ、教育が行われる場所がもし健全に機能しているとすれば、それは、その場所が、人生の明暗を教えているからだ。当然明も教えるが、図らずも暗も教えるから意味があるのだ。

学校に行かなくても秀才になれる

私は昔、自分から「ワシは文盲や」と古い日本語の表現で言った人を知っていた。つまり義務教育である小学校教育さえ受けなかったという事である。

その人は当時中年男性だったが、話はおもしろく、賢さに溢れていた人だったので、私は彼がどんな理由で初等教育を受けなかったか、むしろその事情を聞きたいくらいだった。

かれは雪の深い山岳地帯に生まれた。父は炭焼きを業としていたので、原料となる木材のたくさんある土地に住んでいたのだろう。

当時の日本には、山奥にほんの数軒住んでいる人たちの子供のために、分教場を作るなどという発想は全くなかった。森に数メートルも積もる雪が降る。誰も道をつける必要がない地域だから、豪雪の時にはこの一家は数日、数週間も家に閉じ込められていた。つまり小学校という所には、現実問題として通えなかったのである。

しかしその人は、私が生涯で会った人の中でも屈指の賢い人物であった。卑下するでもなく威張るでもなく、自分の生い立ちを淡々と、過不足なく語った。

学校など行けなくても、その人は「文盲」などではなかったうえ、むしろ秀才であった。私が常日頃言っていることだが、学問というものはほとんど独学である、ということを立証してくれているような人柄だった。

今持っている地位も財産も健康も力もいつかお返しする時が来る

昔の修道院には、特定の祝日に、修道院長が若い修道士たちの前に跪《ひざまず》いて、一人一人の足を洗う、という儀式を行う日があった。普通は逆だ。偉い人が、偉くない若者に足を洗わせて普通なのである。まさに現世において、高い地位を持つ人ほど、謙虚という姿勢を忘れてはいけないのであり、それを忘れないために年に一度、こういう式を行うのだと私は教えられた。

神の前では、私たちは皆「小さな者」だという。今持っている地位も財産も健康も力も、すべては仮初めに、私たちの実力とは関係なく、ただでお借りしているものだから、いつかはお返しする時が来るということを、私は徹底して教えられていた。

第4章

いい按配で暮らす

老後の暮らしは十人十色、百人百通り

老人になると、自分流の生き方しか認めなくなる人も出てくる。それも困る。老後の暮らしは十人十色、百人百通りなのだ。お互いにその違いに感心し、改めておかしがり、呆れて笑って眺められればいい。若い時には、立派な生き方を見習う必要もあった。しかし老後なら、別に立派でなくていい。殺人や、詐欺や放火など、他人の人生を傷つけたり、その運命の足を引っ張るようなことさえしなければ、たいていの愚かさも許してもらえる。

「もういい」と思える時

この秋から冬にかけて、私は生活をすっかり変えてしまった。恐らくただの老衰だと思うが、夫がやたら転び易くなって、その度に体力が衰えたからである。

それに備えて、私は家中を整理した。

まず私自身の生活を変えた。講演や座談会など外へ行く仕事を全部やめた。全く出ないわけではないが、予定を立ててそれを守らねばならない暮らしはやめて、約束はいつ断ってても許してもらえる私的なものだけにした。

私は少しも感傷的ではなかった。人間のすべてのことは、いつかは終焉が来る。私は子供の時から毎日死を考えるような性格だったし、小説を書くことだけが好きだったので、おしゃれをして外出し、あまり知らない人たちと社交をすることはむしろ苦痛だった。旅は好きだったが、すでにもう自分でもよく行ったと思うほど、世界の僻地へ行った。私は何度もアフリカを見たことを深く感謝している。五十二歳の時、サハラを縦断できただけで、途方もない贅沢ができたと感じている。怒濤荒れ狂う冬の太平洋は知らないのだが、贅沢で退屈なクルーズ船ではない貨物船の暮らしも知った。私はもう充分に多彩な体験をした、と自分では思っている。それが私の納得と感謝の種だ。つまり「もういい」のである。

がらんとした空間を飼い猫がネズミのように駆け回る

今年（二〇一七年）二月、夫が亡くなった時、私はそれこそ家を片づける好機と思い、夫のネクタイやカフスボタンといった身の回りのものだけでなく、家族のもの、自分のものまで、大々的に処分してしまった。つまり使えると言ってくださる方には差し上げ、そうでないものは、さっさとゴミとして出した。

その結果、確かに家の中はがらんとし、床も広くなったように見え、今飼っている直助という子猫は、飼い猫にしては広い運動場を「ネズミのように」駆け回れるようになった。

もともと私は家の中でもがらんとした空間が好きではあった。その対照的な部屋として「バロック・ロココ風家具で飾り立てた部屋」という概念があるくらいだから、部屋が味気ない道場のような内部になったとしたら、それは間違いなく私の趣味の結果なのである。

もっとも、すべてのものには程度がある。片づいているのがいい、簡素なのがいいと言っても、何もないのがいい、とは言えない。その点、我が家の現状はただ趣味もなく空虚という状態に近い。

空間にも、置かれているものにも、すべてささやかながら意味のあるものが望ましい。住まっている者のイメージがあるといい。

結婚記念日に海岸で拾って来た石だとか、実家を五十年目に解体した時に、なぜか屋根裏から出て来た古い木片などというものは、やはり年月と置かれた状況の歴史の厚みを見せる。だから私も、それが語る年月の物語に耳を傾ける思いで、改めて飾っておこうと思う。

爽やかな可能性に満ちた空間を保持したいから毎日、物を捨てる

夫が亡くなった後、私は一年と経たないうちに、片づけを始めた。夫の暮らした書斎その他を、そっくりそのまま記念に残したい、という人もいるが、そうし

た精神的なものは、すべて私の記憶の中に刻まれているから不必要だった。本の整理は私の体力に余るので、私が死んだら一緒に片づけて、と息子に託してある。

そのような基本が決まり、大体その線に沿って整理をしたらかなり空間が増えた。私は時々親しい友人に空の戸棚を開けて見せ、

「ほら、家中空間だらけでしょう」

と自慢した。友だちの中には、

「終戦直後だったらこういう家は貧乏って言ったものよ」

と言う人もいたが、私はいい気分だった。お金が増えたわけではないけれど、酸素の量は確実に多くなったような気がしたのである。

空間とは何だろう。

空間とは可能性ということだ。心、知識、人情、すべて人間の体内でそれらを取り込む空間がないと定着しない。しかし、現在の私を含めた人間の生活は、物に溢れ、時間もなく、つまり新しく外界から、物質や知識を取り入れる余裕がないような気もする。

私くらいの年になると、家の中に物が多すぎたら、まず真っ直ぐに歩けない。真っ直ぐ歩けないほど物が多いと、躓《つまず》いて骨折したりもっと重篤な障害につながる場合もある。

もう若くはないことを考えれば、確実に有効なものを取り入れられるという保証はないけれど、爽やかな可能性に満ちた空間を保持したいので、私は毎日、物を捨てることにかなり熱心なのである。

さまざまな品物を片付けると家中の酸素が多くなる

長年思いつきで外国で買ったり、頂いて愛用したりした品物を、そろそろ片付けにかかっている。死後残されると、家族が始末に困るからだ。品物が減ると、家中に酸素が多くなる感じがするのは奇妙なものである。

義理のおつきあいは忘れてもいいことになっている

パーティーの類は昔からずっと出るのが嫌いだった。人中に出て、知人のような、そうではないような方に会うのがつらい性格だったのである。そのうち次第に人生の時間は限られているから、義理を立てて、不得手なものに無理して出かける必要はないと思えるようになった。本当に行きたいところにだけ行くことにしたのである。回数を重ねると、皆さん、私が悪意で欠席しているわけではないと思ってくれるようになって「あのバアさん、いつも来ないんだよな」という感じになったような気がする。

気が利かない人、失礼な人間と思われたらどうしようと、不安になる人もいるらしいが、気が利かない人だと思われてしまったほうが楽な面もある。トンマな人がたまに何かいいことをやると、「あら、たいしたものね」と思ってもらえる原理を利用するのだ。

あれもこれもやろう、というのは無理。大人は、やることを選ばなくてはいけない。

私は、すべての物事に関して、優先順位を決めるようにした。それも、一日単位で決める。今日はまずこの原稿を書いて、植木鉢に水をやり、あの書類に目を通して……という具合に重要な順にやっていくと、二つ、三つ片づけたら、たいてい時間切れになる。そこでよしとし、残ったものは翌日に先送りにするか、あるいはもうやらないと決めてしまう。義理のおつきあいは――若い方ならさしずめメールで何かレスポンスするといったことかもしれないが――私の優先順位では忘れてもいいことになっている。できなくても、諦めるという姿勢が大切だ。

人と約束したことでも、十日以上延ばしても結局片づかなかったようなことは、ごめんなさいと謝るしかない。私の能力に余っていたのである。相手が寛大な人だったら許してくれるだろうし、ダメだったら諦める。諦めるということは実に大切なことである。許してくれない人は、こちらを見捨ててもらう。捨てられる側になったほうがいい。見捨てるより、見捨てられるほうがいい。

身内であれ、他人であれ、必ず傷つけ合う部分があるのが人間関係だろう。人から理解されたい、わかってもらいたいというのは最初から無理なことだと思うようになった。

追悼文も書かない。本当に大切だった人のことなど書き切れないものなのだ。

一人で生活を成り立たせる見事な老人

料理が惚け防止にいいということは、昨今有名な事実になっている。料理は軍隊の上陸作戦と同じで、総合的な複数の要素を一挙に統合して進める手順が要る。私は家にいる限り、毎日のように昔風のおかずを作る。それも残り物をうまく使おうという目的だから、冷蔵庫の中もきれいに片づく。食料をむだに捨てるような暮らしをすると、自分の人生にはいいこともないだろうと思うのと、冷蔵庫そのものが整理されている状態が好きだからである。

何歳まで生きていられるかを考える必要はないだろう。しかし生きている限り心身共に人の迷惑にならないためには、自分を鍛え続けなければならない。それには一人で歩き、一人で荷物を持ち、一人で考え、一人で暮らすことを工夫することだ。それを実行している見事な老人を、最近はあちこちで見かけるようになった。

神さまに責任を押しつけて深く悩まない

この運というものが、実は神の意志だと思うことが私には多くなって来たのである。

失敗した、運が悪かった、とその時は思っても、失敗には意味も教訓も深くこめられていたことが後になってわかることが多い。

その過程を意識して、人生の流れの半分に作用する自助努力はフルに使い、自分の力の及ばない半分の運、つまり神の意志にも耳を傾けて、結果的には深く悩まないことが私の楽観主義だと思うようになって来た。

神さまに、半分の責任を押しつけて、それを教訓と思えば、それもまた楽しいことなのである。

「為せば成る」は思い上がり

信仰というものは、神と人間との関係、何より「人間の分際」を見極めるものだから、無理が来ないということなのである。すべての人には、努力によってその人の可能性の分野を広げることができる部分も確かにあるが、その程度は限られている。「為せば成る」などというのはひどい思い上がりである。

しかし限度は少しも惨めなことではない。その人が何をして生涯を生きるかには、その人が望む部分と、神によって命じられる部分とがある。その接点で生きるのが、一番いい生き方なのだ。そういう考え方だから、怠けるわけではないが、生き方に無理をしなくなるのである。

すべてのものに適切な時期がある

すべてのものに時期がある。旧約聖書の伝書の中には、すばらしい一節がある。

天《あめ》が下のすべての事には季節があり　すべてのわざには時がある
生まれるに時があり　死ぬに時があり
植えるに時があり　植えたものを抜くに時があり
殺すに時があり　いやすに時があり
こわすに時があり　建てるに時があり
泣くに時があり　笑うに時があり
悲しむに時があり　踊るに時があり
石を投げるに時があり　石を集めるに時があり
抱くに時があり　抱くことをやめるに時があり

捜すに時があり　失うに時があり
保つに時があり　捨てるに時があり
裂くに時があり　縫うに時があり
黙るに時があり　語るに時があり
愛するに時があり　憎むに時があり
戦うに時があり　和《やわ》らぐに時がある

もう三年遅くめぐり会っていれば、あるいは結婚したかもしれない相手と、少しばかり早く会いすぎることもある。しかし同じ梅の実でも未熟なものは、危険なのだ。同じ相手でも、時が来ぬ前の恋はうまくいかない。

「温もり」は言葉

今、私が一緒に暮らしている二匹の猫との関係は健全だ。雪という名の白い雌は長毛で、私が半眠りになりかけると、ベッドに飛び乗って来て、私の頬のあたりにうずくまって寝るので、私は時々痒い吹き出物に悩まされる。アレルギーなのだろうか。

しかし私がその接触を楽しむのは何より彼女が温かいからなのである。（中略）私が雪を暫くの間抱くのは、動物には体温、つまり温もりが必要だと思っているからだ。しかし猫はそんなにセンチメンタルではなく、抱かれると間もなく暑苦しくなるらしく、私の脇をすり抜けて、本当に寝るために床の上に下りる。床は広々して自由だから、寝床としては最高の場所なのだろう。猫の仔も、人間の子も同じだ。大人になると自由な世界を求める。

高齢者にせよ、独身者にせよ、求めるのは一緒に暮らせる友人だという。性格の一致は無理にしても、同居する相手は簡単に見つかるだろう。ただ親しい同居者にしても、肌に触れ合うということはあまりない。その点、猫は人に抱かれている。その時人間も温かいし、猫も人肌の温もりを快く思っているらしい。この温もりとは一体何なのだろう、と思うこともある。

猫にも個性があって、まったく抱かれない猫もあるという。温もりは言葉なのだ。猫にも、言語的能力の優れたのと、そうでないのがいて、雪はかなり言語を解する。そうなったのは、私がいつも雪に向かって喋っているからかもしれない。

昔、私の知人が言っていた。

「遠くに住んでいて、まったく寄りつかない息子より、ずっと猫の方がいいわ」

かどうかは別として、温もりとは言葉なのだ。

逃げまくる姿勢と、正面切って問題にぶつかる勇気と、両方が必要

辛い目に遭いそうになったら、まず嵐を避ける。縮こまり、逃げまどい、顔を伏せ、聞こえないふりや眠ったふりをし、言葉を濁す。

このように卑怯に逃げまくる姿勢と、正面切って問題にぶつかる勇気と、両方がないと人生は自然に生きられない、と私は思うようになったのである。

逃げることを知らない人は、勇敢でいいようだが、どこか人間的でない。うち

ひしがれることを自分に許せない人は、外からみてもこちこちな感じがして近寄りにくい。

同様にいつまでも逃げている人は、決してことを根本から解決することもできない。

面倒が起きずに済めばめでたし、めでたし

私は仕事柄、少し変わった運命に出合った人とも会うことがあり、その話を聞いてみると平凡な運命がいいか、怒濤の如き生涯を送ることがドラマチックですてきと判断すべきかさえわからなくなった。

人間は一般に、長寿を果たし穏やかに「畳の上で死にたい」という。確かにそれは「死者の始末」としては一番楽な結果だ。多くの人間が「人並みな運命」を希っている。人並みなら文句を言わないから周囲が楽なのだ。

つまり世の中の多くのことは、「面倒が起きずに済めばめでたし、めでたし」

なのである。

「最悪」を予感してものを考えると、「足し算の発想」になる

基本的に、私は何に対しても最善を求めない。次善でもよし、次々善でもよし、という姿勢で物事に向き合う。こうなったのは、私の生い立ちによるところが大きいかもしれない。幼い頃から、私の両親は仲が悪く、家のなかはいつも修羅場だった。

父がいる時は両親の言い争いが絶えず、母は私を道連れに自殺を図ったこともあったのだ。未遂に終われたのは、私が止めたからなのだが、そうやって生き残った娘は、その経験から「人生なんてろくなところではない」ということを学んだ。この世に確かなものなんてない、運命は時に人を途方もなく裏切るものだと、それ以来、ずっと私は思っているのである。

以降、私が常に人生で「最悪」を想定して生きるようになったのは、自分を守

るためだったのだと思う。現実が想定していたより幾分でもマシであれば、絶望せずにすむからだ。それに、しょせん人生なんてその程度のものだと、私は思ったのだ。完全なんてありえない。何かがいつも欠けている。どれかを諦め続ける。それが私の人生だろうと、考えるようになったのだ。

このように〝苦労人〟として育ったことは、その後の私の人生に色濃く影を落とすことにはなったが、今振り返って思うのは、そんな経験もまた人生の財産だった、ということだ。

「最悪」を予感してものを考えると、私は起こったことをすべてプラスにとらえることのできる「足し算の発想」で生きていられることになる。そうすると、あんなこともしていただいた、こんなこともしていただいた、という幸運の連続と思えるから、不満の持ちようがない。

人間は虫ケラとかわらない

私が、もちろん自分を含めて人間というものは虫ケラのようなものだと知ったのはインドであった。その土地の人をバカにしてそう思ったのではない。虫ケラのように水辺に集い、砂嵐の時には獣のように遮蔽《しゃへい》物の下に身を隠してじっと動かないでいるほかない。その分際を教えてもらった土地なのだ。

人の顔色は読めないくせに、植物の表情だけはよく分かる

夫の姉は老人ホームのベランダや室内に、置ける範囲で植物を育てていた。臨終の前、二週間ほど彼女は同じ施設の中の病室に移り、看護師が寝間着の替えなどは出し入れしてくれていたようだが、その間は誰ひとりとしてベランダの植物などに注意を払わなかった。

姉の死後、約一週間ほどたって、私は彼女の部屋に入った。そしてほとんど干からびたポトスが隅っこに放置されているのを見た。姉の遺品の多くはお金を払って業者に引き取ってもらう処置をしてあったが、ポトスはその中にも入らないもので、引き抜いて捨ててしまえばよいだけのもののように思えた。

しかし、私は見捨てるに忍びなく、自分の車で連れて帰ることにした。家に着くと、一刻も待てない思いで、土は干からびて、水をはじきそうなほどだったが、それでも日陰に放置しておいたら、この生命力の強い植物は蘇生した。

ポトスという植物は、葉がしおれることで水がないことを知らせるまで放っておいていい。それから慌てて水をやるくらいでもいいのである。

悪い意味の表現で「人の顔色を読む」という言葉があるが、私は人の顔色は読めないくせに、植物の表情だけはよく分かると思う時があった。

ほどほどの日陰が生き物には必要である

肥料もやりすぎると、結局は枯れるが、そうでないものでも植物が弱く育つという人もいる。これは食べ過ぎによる胃腸障害だ。肥料は全くやらない方がいい、という栽培法を取る人さえいて、それは人間が始終飽食をするのは健康によくないから、時々は消化器を休めるために断食をするといい、という学説に似ている。或いは甘やかされた過保護の子供は、成人しても味のある大人にならないということなのかも知れない。

日照にしても同様だった。畑を知らないうちは、私は太陽の燦々と当たる土地ならどこでも植物は見事に育つものと信じ切っていた。南方の密林など、その典型であった。水と太陽のおかげで、人間が歩きにくいほど植物が繁茂しているように見えたのだ。しかし、考えてみると、熱帯のジャングルといえども植物は適当な日陰の元に育っているのである。

栽培される野菜や、造園に用いられる植物は意外と直射日光を嫌うものが多かった。彼らは日陰ないし半日陰を好むものが多いのである。

アフリカの砂漠の縁辺にあるオアシスに時々行くようになってから、私は砂漠で蔬菜《そさい》を作るには、水だけでなく日陰が非常に大切なものであることを知った。オアシスの住人達は、丈の高いヤシ類の下にザクロやオリーブやイチジクなどの背の低い果樹を植え、さらにその下に初めて蔬菜を栽培していた。動物も植物も、あまりにも激しい日照は好まないのである。

人は時に貧乏な方が救われる

日本の新聞には紹介されないおもしろい話が、よく英字新聞の片隅に載っている。

ビアトリス・ムラー夫人は八十二歳。クイーン・エリザベス二世号にずっと住むことに決めた。その方がロンドンに住むよりも安く上がる。彼女は一カ月に六十一万六千三百二十円を船会社に払うが、それで生活の一切の心配がなくなった。昔から彼女は夫と共に、五大陸の旅を楽しんだ。二年前に夫が死んだ後、彼女は船を自分の家にすることに決めてしまった。

彼女は船に住み慣れ、船で暮らすのが好きだった。もう食料品を買いに行くこともいらない。車も不要。ガスや電話料の支払いのことを考える必要もなくなった。考えてみればその通りである。船に乗っていれば、家政婦を頼むことも、家の修理を考えることも、鉢植えに水をやる心配もいらない。

夫人の今の悩みは、毎日おいしいお料理が出るのに、あまり食べられないことだ、と言う。ロンドンの老人ホームに住めば、一カ月の経費は三十八万九千八百八十円くらいはかかり、今の暮らしの半分もよくはない、というのが彼女の意見である。

ムラー夫人は、毎日をブリッジやダンスで過ごす。何もせずにプールの傍に座っていることもある。彼女は航海医療保険に入っているし、部屋は四番目のデッキの一人部屋だ。船は週に四、五回は必ずどこかの港に寄港するから、その都度船を降りて見物に出かける。

今はEメールが使えるから、彼女は少しも寂しくない。いつでも息子たちと連絡を取り合っている。二人の息子たちは、代わり番こに、母とクリスマスを過ごすために船に乗ってくる。

夢のような話だが、それほどに幸福ではないかもしれない。人は時に貧乏な方が救われる。お金のある無聊《ぶりょう》は人間を苦しめる最悪の状態だ。貧しい人たちは、今夜食べるものがあるというだけで、輝くような生の実感を手にするが、ムラー夫人は自分の存在がこの世で必要とは感じられないかもしれない。

寿命を延ばす医学は果たして正しいのか

私の母はやや浪費的性格だったので、戦争中のある日、私に言ったことがある。

「古いものを直して使うのはいいんだけど、それをやっていると、どこかに無理ができて、必ずそばの古いところがまた破れてくるの」

だから母は、とことん修理はしないで捨てる、と娘の私に言いたかったのだろう。

人間の臓器も古いままだと、多分その継ぎ目や周辺からほころびが出るのは避けられない。

寿命という言葉は、ギリシャ語で「ヘリキア」と言い、驚くことに「寿命」という意味だけではなく、「その職業に適した年齢」「背丈」という意味も持つ。それらのものも、最近の人は医学で動かすことができそうな気配になってきた。

現代人はギリシャ人のヘリキアの概念を圧倒するのか、その元の意味にやはり呑まれるのか。そしてどちらが幸福なのか、大きなドラマだ。

明るくて合理的な幸せ

東京の自宅は半世紀近く経つ古家で、壁もだんだん煤けて来て、すっかり暗くなった。とにかく明るくするために少し改築をすることにした。

どうして数十年前、電気器具を入れる時、蓋のないもの、ちょっとした脚立くらいで電球の入替えができるような高さに照明器具をつける知恵が働かなかったのだろう。老後に備えて、できるだけ人手を借りなくて済むように、最近電気器具を、構造の簡単なもの、位置の低いものに入れ替えている。明るくて合理的ならば最高の幸福と実感する。

マイ湯飲みで心の個室をつくる

五十三歳の時に、初めてサハラ砂漠に入った時、私は運転手兼炊事係だった。食器に何を使うか、ということも仕事の範囲で、砂漠に入る前の大都市・マルセイユのスーパーで、私たちは必需品を揃えた。それから船で地中海をアフリカ側に渡ったのである。

午前と午後のお茶のための休憩の時も、コップは要る。私が当時の隊員六人分のアルミコップを買おうとすると、中の一人の砂漠経験者が言った。

「曽野さん、自分の湯飲み、日本から持って来てる奴もいますし、湯飲みだけは、各自に選ばせてください」

それから数十日、砂漠に入ると、私たちは個室を持つ暮らしがまったくなくなる。砂漠は想像以上に心地よい所で、私が辛かったのは、二点だけだった。私はライティング・ボードを持って来てはいたが、つくづく、水平な平面で、考えながらものを書きたいと思ったのである。

それともう一つの奇妙な願望は、風の当たらない空間で、ものを考えたいということだった。

二台の四輪駆動車の空間を、二人か四人でシェアしている。だから一人になろうとすれば、それとなく車の外へ出ることになる。すると必ず顔に風が当たる。砂も吹きつける。風は私の思考にとってあまりいいものではないことを、生まれて初めて発見した。人間の住む部屋というものは、類まれな厳密さで、人間を凶暴な自然と切り離してくれている「繭《まゆ》」だということがわかった。

私たちは人ともいたいが、時には一人になりたい。それが砂漠では、かなえられなくなるのだ。だから代わりに、自分だけのマグで、お茶やインスタントコーヒーを飲むのである。その時、心の個室を持てるような気がするのだという。

淡々と軽く別れるのが、私の最低の礼儀

私は、その人との出会いに関しては、深く記憶し感謝し続けた。それを私だけの秘密の財産だと感じることもあった。とは言っても、私は誰とでも淡々と別れて来たから、私が心の中でそんな思いを持っているなどと相手は感じなかっただろうと思う。

淡々と、軽く別れるという事は、その人に対する、私の最低の礼儀なのであった。直接会っている時、私は性格から、立場を超えて率直すぎる口のきき方をする時も多かった。

今はもう年寄りになったので、私が少々場を弁《わきま》えない言葉遣いをしても、世間の人は、あまりとがめないでいてくれるかもしれない。高齢者は「芸をするオウ

ム」のように見られることがある。オウムが「バカヤロ、バカヤロ」と繰り返しても、それを聞いた人はおもしろがるだけで、本気で怒らないから便利なものだ。いささか立場を逸脱して話すことが、その場その場において私のその人に対する誠実だと感じていたから、私はそういう生き方をしてきたのだが、その結果は、不快になって離れて行った人と、私との間の心理的距離を一挙に縮めてくれた人と、半々だったろう。つまり半分の人からは遠ざけられ、半分の人が、私のありのままの姿を受け入れてくれたように思う。そして残されたものが私の心の財産であった。

尊厳生を生きる

私は世界中で、尊厳死どころか、尊厳生がまず確立できていない、と思っている。尊厳生を見つけることは、決して、国家政府の制度や組織の整備だけでは達成しない。どんなみじめさの中にあっても、個人の魂のあり方の方が問題なのだ。

私は誰もがささやかな尊厳生を生きることの方が大切だと思っている。尊厳生が与えられれば、尊厳死の方は、大して問題ではない。

小さな力の範囲で「分相応」に暮らす

晩年が近づくにつれて、私たちは誰でも利口になる。私は議員にも大臣にもなったことはないが、今では偉い人ほど好きなことができないことを知っている。衆人監視の中で、あの議場に詰め込まれてずっと坐っていたり、大臣になってどこへ行くにも制約を受けることが、どれほどうっとうしいか、今ではよくわかるようになった。

私たちは自分のお金で好きな時に好きな所に行ける。嫌な人に会わなければならない時もあるが、たいていの時は会いたい人にだけ会っていられる。多くの場合心にもないことを口にしないで済む。非人間的なほどの忙しさに苦しまない。それもこれもすべて自分の小さな力の範囲で「分相応」に暮らす意味を知ったからである。
その釣り合いがとれた生活ができれば、晩年は必ず精巧に輝くのである。

「ささやかな人生」に偉大な意味を見つける

私も含めてほとんどの人は、「ささやかな人生」を生きる。その凡庸さの偉大な意味を見つけられるかどうか。それが人生を成功させられるかどうかの分かれ目なのだろう、と思います。

第5章

「生の器」を広げる

人間世界の全体像を理解できる視座

私は決して誰もが信仰を持つべきだ、などと言うつもりはない。しかし人間の視点だけで、人間の世界が見通せるとはどうしても思えないのである。私たちは地形を総合的に把握しようとする時、自分の身長だけでは足りず、必ず高みに登る。それと同じで、信仰の見地から、神の視点というものがあってこそ、初めて私たちは人間世界の全体像を理解できるような気がしてならない。

「欠落」によって得た輝くような生の実感

五十歳直前のときは、視力の危機だった。中心性網膜炎が両眼に出た結果、生まれつきの強度近視の目で若年性白内障の手術を受けなければならなくなった。運が悪ければ手術をしても執筆生活は不可能になるかもしれないとなったとき、私は鬱になった。

しかし現実の生活は私の内面とは別に、どんどん進んで行く。肉体的な能力が衰えていたにもかかわらず、私は一見元気に振る舞っていたので、前から約束していたトルコへの調査旅行に出ることにしたのであった。（中略）

私たちはイスタンブールに着き、そのまま四百キロの道をアンカラに向かった。今はすっかり様変わりしているだろうが、当時のこの幹線道路はドライブインもなく、道もところどころ未舗装で、夕方六時ごろには着くという予定はどんどん狂った。途中で食事をする場所もなかった。私たちは手持ちのお菓子などを分け合って飢えをしのいだ。

夕暮れの中で私はある感動にとらえられた。六本の連載をすべて休載してから初めて、私はその数時間だけ死ぬことを忘れていた。私はいつ夕食を食べられるだろうかということだけを考えていたのだ。それは「欠落」によって得た輝くような生の実感だった。

鬱には断食がいいだろう、と私は今でも思っている。日本では、安全が普通で危険は例外だと思っていられる。飽食はあっても飢餓がない。押し入れは物でいっぱいで、部屋にもあふれた品物が人間の精神をむしばむ。

もちろん世の中には、お金も家もなくて苦労している人がいるが、それより数において多くの人が、衣食住がとにかく満たされているが故に苦しんでいる。

人間の生活は、物質的な満足だけでは、決して健全になれない。むしろ与えられていない苦労や不足が、たとえようもない健全さを生むこともある。このからくりをもう少し正確に認識しないといけない。

「何とかなる」という背後には神がいる

私も三人のほとんど同い年の父母を看ていた頃、手助けしてくれる人はあったにもかかわらず、そんな追い詰められた思いに何度もなったものだった。人は現在から一秒先のこともわからないのに、である。

後から考えてみると、その切羽詰まった状況は、いつも予測もしなかった経過を辿って変化していった。一時期だけ助っ人に来てくれる人が現れたこともある。老人の精神的反応が、認知症が進んだためか、穏やかになったので、介護が楽になったこともある。

その他にも私の仕事が一段落して、精神的にゆとりができたこともあるが、連載が終わる時期などというものは初めからわかっていたのだから、「予期せぬ次第で」困難が去ったわけでもないのだ。

人間の暮らしというものは変化そのものである。むしろ今と同じ状況を続かせるということの方が困難だ。私は極めていい加減な信者なのだが、一応キリスト教的なものの考え方からは離れたことがないので、そこに見えない神の手を感じることは終始であった。おもしろいことだ。努力も要る。しかし努力だけがことを解決するわけでもない。人間の一生は「努力半分・運半分」と私はいつも言っているが、実は努力だけを信じる方が、人間は思い上がるような気がする。運を信じることの方が謙虚なのである。「何とかなる」という言葉の背後には、神がいるのだ。

感謝とは価値を発見する能力

ミサの時、教会で、キェルケゴールの「祈り」を配られる。日本では、キェルケゴールと言えば実存的な哲学者だから、こういう祈りを見ると意外に思う人も多いだろう。

「主よ、この世が愚かな言葉を語り
心が苦しく、感覚が鈍り、
理性が曖昧さの中に迷い、
記憶が忘却の中に定かでなくなっても、
なお、あなたに感謝を捧げることができますように。
そしてまた、愛する力がなくなり、
賢さを失い、誇りをなくし、
暗い思いにある時でも、

なお、感謝することを得させてください」
感謝とは、価値を発見する能力のことだ。

病人の任務

一九四一年にアウシュヴィッツで人の身代わりになって死んだマキシミリアノ・マリア・コルベというポーランド人の神父は、修道会を作った時、集団生活の中で、病人の見舞いをすることを非常に大切な仕事と位置づけた。しかし同時に病人にも仕事を課した。他の健康な人は、忙しくて祈りをおざなりにすることがあるかもしれない。だから病人が、そういう人々に代わって祈りを引き受けるようにというのである。病人にも任務を引き受けさせるということは、何という優しさだろう。

人間の弱さからも強烈に学ぶ

人間は強いものではなく、基本的には弱いものだということは、まだ子供の時から私の心に染みついているが、それは私がたくさん小説を読んだおかげだろうと思う。

文学は、時たま人間の偉大さも描くが、多くの場合、人間の弱さから来る哀しさや誘惑を書くのを目的としている。

そして私たちは、人間の偉大さを示す話からも学ぶが、当然弱さから来る哀しさからも、強烈に人生を学ぶのである。そう思うと、誘惑に負ける人間の姿もなかなか貴重だと言いたくなる。

苦しいときは苦しめばいい

前からたびたび書いているように、私はひどく精神的にもろい人間である。母が脳梗塞のあと失語症になったとき、それは私にも伝染して、長い間、ものがなめらかに言えなくなった。いつもお喋りなんだから、これでちょうどいいや、と私は自分に言い聞かせることにした。

不眠がひどくなったとき……これはどうにもしようがなかった。今のように元気なときこそ、私はもし自分が本当に悪くなったら、セシュエーの『分裂病の少女の手記』に匹敵するような精神状態のレポートを書いてみせる、などと考えている。しかし本当に悪いときには、病人は決して外に向かって心を開かないものなのだ。自分が喋ろうとすると、どんなに表現しようとしてもそれが不正解に思えるので、会話は口に出さない前から心の中で、ブーメランのように投げてもこっちへ返ってきてしまう有様が見え、従って何も言わなくなるのだった。

そのとき、一人の神経科のお医者さんから「自然にする」ことを教えられた。苦しいときは苦しむ他はないのだということ。眠れないときには起きていること。無理して小説を書くなどということは、外からみるとまったく不思議に思えるということ。

私は自分に対して苦笑することができた。私は図々しくも偉人になろうとしていたのかも知れない、と考えた。それはまったく滑稽なことなのだ。

その前から、私は精神分析に関する本を読んでいた。アドラーや、メニンガーや、フロム、それにクレッチマーなども読んだ。それらの本を読むと、私の症状は手にとるようにわかるので、私は改めて自分が「ばからしい」と思えてきた。

刑務所へ入っているような人は自分とは別人でない

私は温室育ちではないから、まだ六つ七つのときから、ある人間を憎むあまり、「コロシテヤル、コロシテヤル」

と泣きながら、部屋の隅にうずくまっていた気持ちが今でも忘れられない。

　十年以上も前、あるとき、私は座談会に出た。法律学者や警察関係者が出席者のほとんどであった。そこで轢《ひ》き逃げの話が出た。私はふとまわりを見廻した。この中で、最も轢き逃げをする可能性の高い人間といったら、恐らく私なのである。当時自分で車を運転する人間は今ほど多くはなく、その席でも、私ひとりが運転者側を代表していた。

　私は昔、子供心にも「コロシテヤル」と思った自分の醜さと弱さを考えた。すると私は、轢き逃げさえもやりそうな気がした。私は、一、二分の間、自分が事故を起こしたときのことを想像していると次第に轢き逃げをする人の気持ちがありありとわかり始めた（いったい私は、立派な自信のある人の心はよくわからなくて、弱いダメな人と言われている人の気持ちばかり、よくわかるのだが）。いきおい私の発言は、終始轢き逃げ犯人側の心理になった。

　すぐその後で別のやや文学的な座談会があった。私は轢き逃げ犯人側への感情移入を、まだ心の中に持ち続けたままの状態で会に出席した。

座談会は気楽なものであったので、自然に私は又轢き逃げのことを喋った。すると同席していたある作家にあとで、

「その女流作家は轢き逃げを肯定していた」

という意味のことを書かれてしまった。作家こそ、弁護士や心理学者同様、あらゆる立場に立てねばならぬのである。というより人間の弱みに完全に同化できる部分がなければならないはずである。

私は親たちが、立派な夫婦でなかったことを今では感謝する他はないのである。私はその二人の間で傷ついたからこそ、人間の弱い部分がわかるようになった。刑務所へ入っているような人は自分とは別人だと思わないですむようになったのだ。

嘆いている間にチャンスを失う

病気、受験に失敗すること、失恋、倒産、戦乱に巻き込まれること、肉親との

別離、激しい裏切りに遭うこと、などを耐え抜いた人というのは、必ず強くなっている。そして不幸が、むしろその人の個人的な資産になって、その人を、強く、静かに、輝かせている。

不幸に負けて愚痴ばかり言っている人に会うと、チャンスを逃してもったいないなあと思う。人間は、強く耐えている人を身近に見るだけでも、尊敬の念を覚える。

現実の重荷から逃げない姿勢のよさ

人は限りなくその人らしくある時、尊厳に輝いて見える。しかし何かに似せることを考えていると、とたんに光彩を失う。声色や物真似で売る芸人が、どうしても一流には成りえない理由である。

時々、「妹が精神科病院にいます」とか「兄が刑務所に入っているので」とか淡々と語ってくれる人に出会う。その人はその事実から逃げなかった。事実を受け止め、病人や老人や、社会に適応して行けない性格の人を優しく庇って行こうとしている。その生き方が私の心を捉えて放さないのである。

魅力の背後には、必ずその人に与えられた二つとない人生の重みをしっかりと受け止めている姿勢のよさがある。彼らは現実から逃げも隠れもしていないのだ。すべての人は重荷を背負っているが、その重荷の違いが個性として輝くからだ。その個性によって育てられた性格と才能でなければ、ほんとうの力を発揮しえないのも事実である。

弱みをさらすことも愛の示し方

欠点をさらしさえすれば、不思議と友達はできる。他人は私の美点と同時に欠点に、好意を持ってくれる。たとえ私が無類の口べたでも、私の弱点をさらすことによって、相手は慰められるのである。それは向こうが優越感を持ったからなんじゃない、と言って怒る必要はない。それも又、愛のひとつの示し方なのだ。

そしてこの弱みをさらすことのよさは、弱点というものは、ひとに知られまいとしているからこそ、自分も不自由だし相手も困惑するのであって、それを、思い切ってさらしてしまったが最後、閉ざされていた場合に貯えられていた不毛のエネルギーのほとんどは雲散霧消してしまう。

不幸にならなければ、本来希求すべきものも望まない

私たちは人生の不幸な状態にある人を、放置していいということではない。しかし皮肉なことに、私たちは不幸にならなければ、人間が本来希求すべきものも望まない、という特性を持っているのである。これはひとえに、人間のイマジネーションの不足からくるものであろう。

私にも同じような体験がある。ほかのところに書いているのだが、私は、自分の眼が次第に視力がなくなりかけた時、ある神父から「曽野さんは視力を失った時、ほんとうに神を見るだろうな」と言われたのである。その言葉に対して、そ

の神父は「後で考えてみると、ひどいことを言ったものですね」とお手紙をくださったけれど、私はそれ以外の真実な言葉などないと思い、私が視力を失った時の大きな贈り物が既に用意されている、とも感じた。しかし私も私で、その時、神父さまに向かって言ったのである。「神父さま。神なんか見なくてけっこうですから、眼をください」

私はまさに平均的におめでたい、利己的な感覚を持つ一人なのであろう、と思う。神よりも、目先の安全、快感、仕事、物質、などが大切なのである。健康で平和に暮らしながら、真実の眼を開け続けることはできないものか。それができない自分は……それならそれで致し方ないけれど……かなりの愚か者と自覚しなければならないだろう。

希望だけに意味があるのでもない

考えてみれば希望だけに意味があるのでもない。希望だけしか持ち得ない人には陰影がない。陰影のない人は人間ではなく、幽霊に近い。その反面、絶望が無駄ということもない。絶望から人々は発見し、出発することも、幸福を手にすることもある。

決して戦争や殺人を勧めるのではないが、人はもしかすると、人を殺すか殺さないかまで、自分を追い詰めた段階を心理的に経験して初めて、人格が完成されるのではないか、と思ったこともある。

幸福の姿は雑多だが不幸はみなどこか似ている

人間の幸福の姿は種々雑多だが、不幸の形は意外とよく似ている。

私はアフリカで、今晩食べるものがないままに寝る不幸の形を見たし、また「体験」にすぎないが、そのような旅をしたこともあった。人生の若い時代に、一度、食事を抜いて空腹のまま一晩過ごす体験をしてみるといい。空腹では人は眠ることもむずかしい。

アウシュヴィッツの囚人たちが、もともと足りたことのない食事用のパンのかけらをほんの少し残しておいて、わずかでも空腹をやわらげるために眠る直前に食べた、という逸話は今でも胸をうつ。子供には、一度食事なしで寝る体験をさせた方がいい。それで子供たちの心も大人になる。

戦いがいのない血みどろの戦い

結婚しなければ、私はもしかすると、これほど、自分の弱みを発見するチャンスはなかったかも知れない。夫婦は結婚によって初めて他にまったく比べようのない相手の性格を発見する。

そして、いかにそれに対処していったらいいかということを考える。これは戦いがいのない、しかも血みどろの戦いだ。

他人の美点に気づく眼を養う

他人の美点をわかることは才能である。他人の悪い点に気づくことはどんな凡人にもできる。この美点の発見と顕彰という作業は、自然に、という程度では足りない、と私は思っている。もっと積極的に、激しく、意識的に、私たちはこれをしなければいけない。美点の発見はお世辞や、おだてとは根本的に違うものである。お世辞は実態のないものに対して発する言葉である。しかし美点を見つけて褒めるということは、通常それほど簡単なものではない。それを完璧に、美しく果たすためには、私たちは常日頃、人間を見抜く眼を養っておく、いや研いでおかねばならないのである。

「与える」ことで人は大人になる

好意や援助を受けることやもらうことばかりを求めている人は、どこまでいっても満足感を得られず、永遠に心の平穏を保てないと思う。なぜなら、人は受けている時は一応満足するけれど、次の瞬間にはもっと多く、もっといいいものをもらうことを期待してしまう。心は「もっと欲しい」と叫び続け、いつまでも飢餓感に苦しめられることになってしまう。

しかし不思議なことに、自分が与える側に立つと、ほんのちょっとしたことでも楽しくなるものだ。相手が喜び、感謝し、幸せになれば、こちらの心はさらに満たされる。

いつも言うことだが、人間は与えることによって大人になっていく。赤ちゃんの時は、おっぱいをもらって、おしめを替えてもらって、何もかもしてもらう。

それが小学生くらいになると、少しは家事の手伝いをしたり、母親の荷物を持ってあげたりするようになる。

社会人ともなれば、給料で親に何か買ってあげたり、たまに旅行に連れ出したりする。そうやって、年をとるにつれて与えることが増えて、壮年になれば、ほとんど与える立場になるわけである。

心から愛せなくても優しく接する

私は修道院の経営する学校で育ったが、そこにはたくさんの修道女たちが居られた。この人たちはいつでも優しく謙虚であり、善意に満ちているように見えた。しかし、その中の一人の修道女があるとき、私に言われたことが今でも忘れられないのである。

「人を愛するって申しましても、そうそう心から愛せるときばかりじゃございません。そんなときでも先ず、態度だけはその方のためになるように優しく致します。そこから始まるのです」

私は救われたような気がした。心では何と思おうと最低限、態度に表すことだけを踏みとどまればいいというのなら、私にもできるかもしれない。

沈黙する時間をつくる

私は全く（私を入学させた母も）期待していなかった貴重なことをさまざま教えられた。

その一つは、学ぶべき時にはかなり長い時間、沈黙を守るという習慣であった。人間は喋りながら考えるという時間もあるだろうが、やはり沈黙の中で考える。そして沈黙は、その場に他者がいる時の基本的な人間関係の表現である。しかし今、世の中には、沈黙していられない若者たちが多すぎるのかもしれない。何か無意味なことでも喋っていないといられない、という精神構造である。あるいは、全く喋る内容を持たない人である。

人間は、沈黙する時間と、喋る時間がいるのだ。実は人間には、喋りたくない時間もあれば、喋りたくない相手もいる。しかしそれでも会話をすることによって、人間関係を保つ。

人間の弱さを補う手段をきちんと考える

人間の弱さを認識すれば、弱さを補強してやる幾つかの手段を考えておくことも謙虚な方法である。健康もお金もその一つの道具であることはまちがいない。そのために経済的独立を考えない人は思い上がっている。義務も怠っている。そして結果的には、決して自由になれないのである。

生涯はほんの短い旅

死は確固としてその人の未来ですから、死を考えるということは前向きな姿勢なのです。

走れなくなったり、噛めなくなったりすることも、死ぬべき運命に向かっているのだということを、ちゃんと自覚した方がいい。自分がそうなる前から、そうなった時のことを考えるのが、人間と動物を分ける根本的な能力の差であることを思えば、私はやはり前々から、老いにも死にも、慣れ親しむほうがいいように思います。

私はカトリックの学校で育ったので、幼稚園の頃から、毎日、自分の臨終の時のために祈る癖をつけられ、「灰の水曜日」と呼ばれる祝日には司祭の手で額に灰を塗られて、塵に還る人間の生涯を考えるように言われました。もちろん、当時の私が死をまともに理解していたとは思われません。しかし、いつか人間には終わりがある、ということを、私は感じていました。

シスターたちが、「この生涯はほんの短い旅にすぎません」と言うのも度々聞いたことがあります。百年生きたとしても、地球が始まってからのことを思えば、大したことがない、と。そういう教育を受けたことは、この上ない贅沢だったと思っています。

「死ぬ予感」がないと他人のことに囚われる

死ぬ予感がないから、人の心は彷徨《ほうこう》する。他人の境遇を羨んだり、名誉や地位に執着したりする。昼日中から、芸能人の離婚話やスキャンダルを種に、ああでもない、こうでもない、と揣摩臆測《しまおくそく》するようなむだなテレビ番組などを見ていられるのも、死を意識していないからである。

死を近く思うと、人は時間を自分のためにだけ使うようになるだろう。人の噂に係わることは、所詮は人に時間をやってしまうことなのである。私が人より少し時間を有効に使って来たとしたら、それは、死の観念がいつも遠くからだが、私を追い立てていたからだろうと思う。

損を補って余りある充足感を得る行為

人間には、自分が、得になることしかしないような人間だとは思われたくない、という気持ちがどこかにあるはずである。いや、あるはずであった、と過去形で言ったほうがいいかもしれない。

今はそうでない知識人や若者や政治家がたくさんいるからだ。

人間になるためには、利害を離れて、人のために働くことのできる存在にならなければならない。損になることのできる人にならなければならない。それが人間の資格だからだ。そしてそれは、不思議な見返りを伴っている。人の役に立つということは、金銭的・時間的・労力的な面でだけ計算すれば、損をすることになるかもしれないが、精神的には、それを補って余りある充足感が残るのが普通である。

軽く考えられれば穏やかでいられる

私はすでに七十四歳だった。夫はそれをきっかけに、私がもう立ち上がれないか、少なくとも車椅子の生活になると思っていたようだったが、私は無茶だと言われるくらい歩いて、とにかく術後、自分のことは自分で出来るようになった。しかし踝の腫れはなかなか引かなかった。

それで私は湯治に出かけることを思いついた。しかし畳の生活はしにくかったのと、同じ湯治をするのでも、どこか珍しいところに行きたかったので、友達がいっしょに行くと言ってくれたのを幸い、イタリアの温泉に行くことにした。手術後まだ五カ月も経ってはいなかったが、私は一人で旅立った。

ミラノからヴェネツィアに至る道の周囲には、ローマ時代からの温泉が何カ所もある。その中のアバノという温泉が私の湯治場だった。（中略）

私の湯治日課は次のようなものだった。朝五時に起きる。私は朝型だから、少しも辛くない。最初に受けるのが有名な泥浴である。

治療を受けるのは広々とした個室で、陽気な背の低い五十代のおばさんが取り仕切っていた。数カ月間、熱い温泉の中で熟成させた泥を、ベッドに拡げた荒布に拡げ、それを火傷しないぎりぎりの温度まで下げたところで私のような治療客を寝かせ、体の上にも同じ泥を塗りたくる。

ただし、治療開始前に専門のドクターだという人の問診を受ける制度だったから、私が怪我の部位を示すと、その上には熱い泥を置かないように図で示したものを渡してくれている。おばさんはその指示に従って、泥を塗るのである。（中略）

私はこのおばさんの飾り気のない人柄をすっかり好きになった。私たちが泥浴室に入る前に、この人は屈強な男の手を借りて、バケツに何杯もの熱い泥を浴室に運び込むという準備をしなければならない。この泥の熱さは、単に火傷をしない温度を、温度計で確かめるというものではなく、彼女の掌が長年の経験で知らせる微妙な感覚で決めるのだという。

「十二歳くらいからやっているのよ」

もちろん私はイタリア語ができないので、こうした微妙な話は同行の友人がお喋りのような形で聞いては、私に説明してくれたのである。

後で気がついてみたら、私は彼女の名前を聞いていなかったが、それほど彼女の存在は圧倒的だったと言ってもいい。熱い泥が私たちの体に載せられている間中、彼女は受け持ちの何室かを順番に廻って、私たちに気分が悪くないか、と尋ねて廻るのだった。「大丈夫？《ベーネ》」だけは分かったから、「ありがとう、大丈夫よ」と答える。

それ以外の時、彼女はたいてい歌を歌っていた。カンツォーネ風の歌ばかりだが、ほんとうによく通る自然な美声であった。仕事をしながら彼女自身が楽しみ、それをまた私たちが聞いて楽しんでいる。そんな生活が多分もう四十年も続いているのだ。

客観的に言えば、日本人の方がずっと小金を持ち、小旅行や外食を楽しんでいるかもしれないのに、必ずしも幸福だという人ばかりではない。しかし彼女は日々が楽しそうだった。この人の歌には、爪先立ちしていない、地に足がついたささやかな喜びが躍っていた。

もう明日は帰るという日、私はイタリア語ができる友人に、もうこれでお別れだ、と言ってもらった。すると彼女は、ちょっと悲しそうな表情を見せながら、「ラ・コメディア・テルミナータ！」と呟いたのである。「喜劇は終わった」と訳することは簡単だが、「さあ、お芝居は終わりよ」でもいいし、「楽しかったわね」と取ってもいいのかもしれない。

このカンツォーネおばさんが、私たちの一週間を、「コメディア」と表現したことは、私にはすばらしい発見だった。いやもしかしたら、イタリア語自身がそうしたすばらしさを持っていたのだろう。

一人の人間にとって自分の人生は重く重要なものだ。そしてその途中で起こるすべての出来事は、重大事件なのだと思いたがる。私が足を折ったことも、いささかの運動の不自由さを残して治癒した以上、ほんとうは取るに足りないことだったのだが、私にとってはイタリアまで湯治に行こうと思うほどの、決して軽くはない後遺症を残した。しかしこれも「コメディア」だったのだ。

自分の身の上に生じたことを、軽く考えられれば、その人の心はまだ穏やかでいる証拠だと言える。肉体にはいささか問題が生じていても、心が健やかなら言うことはない。これはたぶん死の日まで、そう言えるだろうと思う真理だ。

おそらく貧しい家に育って、義務教育が終わるか終わらないうちから、熱い泥と闘って生きなければならなかった女性が、人生の半ばを越した年頃には、こんなに完成した視点を持てるようになっている。

目が不自由な人たちとの聖地巡礼の旅

私は自分が視力を得た幸運について、「お返し」をしたいと願っていたが、その方法が見つかったような気がしたのである。

私は目が不自由な人たちと、聖地巡礼の旅をしようと思った。私は少し新約聖書の勉強をしたが、イスラエルに留学したこともなく、到底ガイドは務まらない。

しかし眼に見えるものを、素早く口で描写することはできるし、多分うまいだろう。

　私自身、目の手術を受ける前は、ヨーロッパの有名な教会に行っても、高いところにある壁画や円天井に描かれている絵などをはっきり見たことはなかった。その不安ともどかしさを、いつも助けてくれたのは夫だった。だから私は視覚障害者を助ける方法を、少しは知っていたのである。そしてこういう途方もない夢を思いつかせ、実行に導いてくれた生みの親は、あの目が不自由な修道士だったのである。

　一九八四年に、私は応募して来てくれた総勢八十三人と共に、初めての試みの旅に出た。旅の目的を聞かれて、私は「皆で一緒に海外旅行で遊ぶことです」と答えた記憶があって、それは決して嘘ではない。まだ障害者が海外旅行に出るなどということは、できないと思われていた時代だと思う。私は気負って、聖書を勉強しに、とも、信仰を深めるために、とも答えられなかったのである。

　聖書の研究者にとって、聖地は「第五の福音書」と呼ばれる。新約の福音書は四つあるのだが、聖地そのものが第五の福音書に当たるほど、多くのものを語ってくれるということである。だから誰にとっても、聖地巡礼が強烈な印象を残すであろうことは、想像に難くない。

しかし中には、私のような怠け者もいるだろう。せっかく旅に出てもノートも取らず記憶も悪く、居眠りばかりしていて、何のために高いお金を払って行って来たのか分からない人も必ずいるはずだ。

しかしあらゆる人が、楽しく過ごすこともまた偉大な事業なのである。

私は障害を持つ参加者と、お世話をするつもりのボランティアとから、旅費として同じ金額を取ることを提唱した。これは後から見ると、かなり適切なやり方で、そのためにこの旅行が、結果的には二十三年間にわたって二十三回も続いたと言ってもいい。

一人で参加する人のために——事実そういう人が多かった——旅行中私たちは、入浴や食事の介護をしたのだが、旅行社の中には、入浴一回を手伝うことに関して、障害者が手伝ってくれる人にいくらを払う、という制度を作ったところもあるらしい。しかしこれが後で問題の種になるのである。

つまり特定の金額を払ったのに、扱いが悪かったということがクレームの種になる。しかし最初から善意の介護なら、サービスを受ける側も不満を言わない。奉仕をする方も、役に立つことを喜ぶだけである。

もう一つは、障害者に対する基本的な姿勢の問題であった。私たちの取ったやり方だと、つまりどちらにもハンディキャップを認めないのだ。全く平等なのである。

その代わり障害者も、旅行の苦労に耐えてもらう。気のきかない介助者にぶつかっても我慢してくださいということだ。それが世の中というものだからだ。障害者に限ってそのような苦労をしなくてていいということはないのである。

当時の他社のツアーにも、こういう企画はあまり見られなかったので、私は出発前の明け方に目覚めると、眠れなくなることがあった。もし障害者が二十人応募して来て、ボランティアが十人しかいなかったらどうしようか、ということである。

しかしこればかりは、私がやきもきしてもどうにもならないことだった。そして不思議なことに、この人数の調和だけは、二十三回の旅行の間で、一度も窮地に立たされることはなかった。神がその都度、どこかで秘密の調整をしているとしか思えなかった。

肉体に現れた奇跡のようなこと

それは聖フランチェスコ大聖堂と呼ばれるバジリカの地下にある聖人のお墓の上のチャペルでミサを立てた後、車椅子を持ち上げる時であった。最初は目が不自由な人のための聖地巡礼だったこの旅行には、その後、歩けない人たちも参加するようになって、必ず何台かの車椅子を動かすようになっていたのである。

聖フランチェスコ大聖堂は何世紀に完成したものか正確には知らないが、地下のお墓から地上階に上がる湾曲した古い石造りの階段は、表面はつるつるになるほどすり減り、もともと幅は狭く、蹴上げは高く、とにかく車椅子の脇に女性なら二人ずつがついて持ち上げる作業には、怖ろしく不向きにできた難関だった。毎年やっているのだから、どうにかならなかったことはないのだ、と私はいつも自分に言い聞かせたが、私はミサの間中、この「持ち上げ作戦」のことを考えて、祈ることもおろそかになるほどだった。

しかし車椅子の障害者がいてくれたからこそ起きる奇跡に近いものが、毎年のように起きた。その階段の下で私たちの非力なグループが塊になっていると、必ずどこからともなく異国人の男性が現れて、にこやかに、しかも一言も発さずに、後ろのハンドルを摑んで、ほとんど彼一人の力と言っていいほどの働きで、この困難な湾曲階段を押し上げてくれるのだった。そして彼が何国人か、せめて何語で「ありがとう」に当たる言葉を言ったらいいか分からないうちに、その人はいつも聖堂の静寂を保つ群衆の中に消えた。

このような人が、毎年現れるのである。坂谷神父はその人のことを「守護の天使が人間の姿をして来てくれる」という言い方をした。

もっとも私はこう口で言うほど、車椅子の人を案じていたわけではないことが

或る年明らかになった。私は一人の車椅子の女性に、

「あの階段、後ろ向きになって、一段ずつお尻から上がってみない？」

と囁いたらしいのである。つまり私は、そんなことをその人に要求できるほど、彼女の障害は軽くないことを、よく理解していなかったし、もしかするとボランティアとして手抜きをしたかったのかもしれない。

しかしこの人は、私のちょっとした支えだけで、両腕を使い、胸を石段にすりつけ、ほとんど泳ぐようにしてこの階段を九〇パーセント自力で登り切った。そして最上階に上がり着いた時、彼女は子供のようにVサインをした。

彼女は帰国後、主治医の診察を受け、どこでどういう療法をしてここまで機能の回復を図ったのか、と聞かれたという。ごく常識的な答えをすれば、それは（知らなかったとはいえ）私の無謀な要求に対して、彼女が応えようとしてくれた優しさがきっかけだった。しかし坂谷神父の「神様は必ず助けてくれる」という言葉がなかったら、彼女は石段で水泳をする気にもならなかったであろう。

旅に出て一週間目くらいに、或る婦人から「ちょっと二人だけでお話ししたい

んです」と言われたこともあった。昼御飯の後、私が戸外のベンチを選んで座ると、この人は「実は私、眼が見えるようになってきたんです」と言った。初めから全盲とは思っていない。しかし病名は分からないが、「要介護」の強度の弱視者としてこの人は登録されていた。

その時私は彼女に答えた。

「ねえ、今あなたが見える人になると、名簿の書き換えが面倒なのよ。旅行が終わるまで、見えないことにしておいてくださらない？」

介護者は毎日同じ人と組まないように、添乗員は工夫をしてくれている。サボることの好きな私は、そのことを言ったのである。

私たちはその後旅が終わるまで、秘密を共有した。そしてお別れの日に私は彼女の耳元で囁いた。

「嘘つき！」

もちろん私たちが二人で嘘を共有した、という思いからであった。

自分がいいと信じることを、命の尽きる時までやる

人は誰にでも、生き方の中心となる美学、哲学というものがあるべきだ、と私は思っている。哲学などというと、難しい印象を受けるかもしれないが、その人なりの生きていく知恵と言い換えてもいい。「哲学」という言葉は、英語で「philosophy」（フィロソフィー）だが、これは「知恵を愛する」という意味である。

私は、自分を少し賢くしてくれるものを愛している。人生の深い知恵を持っている人に会い、人生を見抜いているような言葉を聞く時、私はとても得したような気になってしまう。

そういう意味でも、本を読まないというのは、損なことだ。本を読めば、古今東西の先人たちの知恵に触れられて、それを始終自分で考えたことみたいに「盗用」して生きられるのに、最近は、読書をしない人が多い。そういう人は、人生

を損している。

そして、自分にとって何を「美」と感じるかは、自分で生き方を選び取ることに通じる。その精神は、少しばかり頑固なほうがいい。誰かに理解されなかろうと、どんなふうに思われようと、庶民にとっては大したことない。自分がいいと信じることを、最終的には静かに命の尽きる時までやる。それが、「人間の美」というものだと私は思うのだ。

正直者は損をしても正直を貫くもの

現代の私たちの社会には、誠実に考えると、正しい道を選んでも人生の失敗に終わることもある。しかし現実の生活の中では、人間は善意をもって考えれば多くの場合百パーセント近く成功する仕組みを作っている。善意であれば成功させなくてはならない、と社会も構えているからだ。つまり、正直者に損をさせてはならない、と決意しているのだ。しかし本当は正直者は、損をしても正直を貫くものなのだ。

自らが損をしても傷ついても、それが選択の本道なら致し方ない、と決意することは、日々の行動の基本が、社会の評判で動いているか、自己の哲学によるものかによって決まる。

こうした事態が、現実の社会に起きないほうがいいに決まっている。しかし追い詰められた場合の決断こそ、人を人にする場合もある。こういうケースが、私たちの身近に余りにも起きないので、私たちは香りのいい人間にならないのかも知れない。

出典著作一覧（順不同）

・『人生の終わり方も自分流』（河出書房新社）
・『人間の芯』（青志社）
・『誰のために愛するか』（祥伝社黄金文庫）
・『出会いの神秘——その時、輝いていた人々』（WAC）
・『人間の分際』（幻冬舎新書）
・『自分流のすすめ——気ままな私と二匹の猫たち』（中央公論新社）
・『苦しみあってこそ人生——曽根綾子の箴言集』（海竜社）
・『人は皆、土に還る』（祥伝社新書）
・『自分の始末』（扶桑社文庫）
・『人間になるための時間』（小学館新書）
・『老いの僥倖』（幻冬舎新書）
・『我が夫のふまじめな生き方』（青志社）
・『人にしばられず自分を縛らない生き方』（扶桑社新書）
・『人間の基本』（新潮新書）
・『敬友録「いい人」をやめると楽になる』（祥伝社黄金文庫）
・『幸福録　ないものを数えず、あるものを数えて生きていく』（祥伝社黄金文庫）
・『人間になるための時間』（小学館新書）

・『人間関係』（新潮新書）
・『原点を見つめて――それでも人は生きる』（祥伝社黄金文庫）
・『失敗という人生はない』（海竜社）
・『運命をたのしむ――幸福の鍵478』（祥伝社黄金文庫）
・『老いを生きる覚悟』（海竜社）
・『人生の醍醐味』（扶桑社新書）
・『私を変えた聖書の言葉　愛蔵版』（海竜社）
・『夫の後始末』（講談社）
・『本物の「大人」になるヒント』（ＰＨＰ文庫）
・『風通しのいい生き方』（新潮新書）
・『人間にとって成熟とは何か』（幻冬舎新書）
・『端正な生き方』（扶桑社新書）
・『人生の退き際』（小学館新書）
・『死の準備教育――あなたは死の準備、はじめていますか』（興陽館）
・『完本　戒老録　増補新版――自らの救いのために』（祥伝社）
・『思い通りにいかないから人生は面白い』（三笠書房）
・『不運を幸運に変える力』（河出書房新社）
・『人生の疲れについて』（扶桑社）

・『悲しくて明るい場所』（光文社文庫）
・『二十一世紀への手紙——私の実感的教育論』（集英社文庫）
・『神さま、それをお望みですか——或る民間援助組織の二十五年間』（文春文庫）
・『心に迫るパウロの言葉』（新潮文庫）
・『夫婦のルール』（講談社文庫）
・『中年以後』（光文社文庫）
・『晩年の美学を求めて』（朝日文庫）
・『狸の幸福——夜明けの新聞の匂い』（新潮文庫）
・『幸福という名の不幸』（講談社文庫）
・『自分の顔、相手の顔——自分流を貫く生き方のすすめ』（講談社文庫）
・『悪と不純の楽しさ』（WAC BUNKO）
・『聖書の中の友情論』（新潮文庫）
・『言い残された言葉』（光文社文庫）
・『新版　日本人はなぜ成熟できないのか』（共著）（海竜社）
・『人間の愚かさについて』（新潮新書）
・『幸せの才能』（海竜社）

※一部、出典著作の文章と表記を変更してあります。

曽野綾子

その・あやこ

1931年東京都生まれ。作家。聖心女子大学卒。『遠来の客たち』（筑摩書房）で文壇デビューし、同作は芥川賞候補となる。1979年ローマ教皇庁よりヴァチカン有功十字勲章を受章、2003年に文化功労者、1995年から2005年まで日本財団会長を務めた。1972年にNGO活動「海外邦人宣教者活動援助後援会」を始め、2012年代表を退任。『老いの僥倖』（幻冬舎新書）、『夫の後始末』（講談社）、『人生の値打ち』『私の後始末』『孤独の特権』（すべてポプラ新書）などベストセラー多数。

編集協力　髙木真明
　　　　　小泉昭子

長生きしたいわけではないけれど。

2020年2月12日　第1刷発行

著　者　　曽野綾子
発行者　　千葉　均
編　集　　碇　耕一
発行所　　株式会社ポプラ社
〒102-8519　東京都千代田区麹町4-2-6
Tel：03-5877-8109（営業）
03-5877-8112（編集）
一般書事業局ホームページ　www.webasta.jp
印刷・製本　　中央精版印刷株式会社

N.D.C.914／238p／18cm　ISBN978-4-591-16616-1

P 8008280